Agatha Christie®

AVENTURA DA TUMBA EGÍPCIA E OUTRAS HISTÓRIAS

Tradução de Rodrigo Breunig *e* Alessandro Zir

www.lpm.com.br

L&PM POCKET

COLEÇÃO 96 PÁGINAS

Coleção **L&PM** POCKET, vol. 1381

Texto de acordo com a nova ortografia.
Título original: *The Adventure of the Egyptian Tomb*

Este conto foi extraído do livro *Todos os contos de Hercule Poirot*
Esta edição na Coleção **L&PM** POCKET: maio de 2025

Tradução: Rodrigo Breunig: "The Million Dollar Bond Robbery"; "The Adventure of the Egyptian Tomb" e Alessandro Zir: "The Chocolate Box"; "The Lemesurier Inheritance"
Capa: L&PM Editores
Preparação: Patrícia Rocha
Revisão: Lívia Schleder de Borba

CIP-Brasil. Catalogação na publicação
Sindicato Nacional dos Editores de Livros, RJ

C479a

Christie, Agatha, 1890-1976
A aventura da tumba egípcia e outras histórias / Agatha Christie ; tradução Rodrigo Breunig, Alessandro Zir . – 1. ed. – Porto Alegre [RS]: L&PM, 2025.
96 p. ; 18 cm. (L&PM Pocket, v. 1381)

Tradução de: *The million dollar bond robbery*; *The chocolate box*; *The adventure of the egyptian tomb*; *The lemesurier inheritance*
ISBN 978-65-5666-561-0

1. Ficção inglesa. I. Breunig, Rodrigo. II. Zir, Alessandro. III. Título. IV. Série.

25-97431.0 CDD: 823
CDU: 82-3(410.1)

Meri Gleice Rodrigues de Souza - Bibliotecária - CRB-7/6439

Rua Comendador Coruja, 314, loja 9 – Floresta – 90.220-180
Porto Alegre – RS – Brasil / Fone: 51.3225.5777
Pedidos & Depto. Comercial: vendas@lpm.com.br
Fale conosco: info@lpm.com.br
www.lpm.com.br

Impresso no Brasil - outono de 2025

Sumário

O ROUBO DOS TÍTULOS DE UM MILHÃO DE DÓLARES

"The Million Dollar Bond Robbery" foi publicado pela primeira vez em The Sketch em 2 de maio de 1923.

– A quantidade de roubos de títulos que vem ocorrendo nos últimos tempos! – comentei certa manhã, largando de lado o jornal. – Poirot, abandonemos a ciência da investigação, abracemos o crime em vez disso!

– Você está no... como vocês dizem?... esquema de enriquecer rápido, hein, *mon ami*?

– Bem, veja só esse último golpe, os títulos da liberdade no valor de um milhão de dólares que o London and Scottish Bank estava mandando para Nova York e que desapareceram de uma maneira tão extraordinária a bordo do *Olympia*.

– Se não fosse pelo *mal de mer* e pela dificuldade de praticar o tão excelente método de Laverguier por um tempo maior do que as poucas horas da travessia do Canal, eu mesmo ficaria deleitado em viajar num desses grandes navios de cruzeiro – Poirot murmurou, sonhador.

– Sim, é verdade – confirmei com entusiasmo. – Alguns deles devem ser legítimos palácios; as piscinas, os espaços de repouso, o restaurante, os salões com palmeiras... realmente, deve ser difícil acreditar que estamos no mar.

– Quanto a mim, sempre sei que estou no mar – Poirot falou com tristeza. – E todas essas bagatelas que você enumera, elas não me dizem nada. Contudo, meu amigo, considere por um momento os gênios que viajam, por assim dizer, incógnitos! A bordo desses palácios flutuantes, como você os define com tamanha justiça, poderíamos encontrar a elite, a *haute noblesse* do mundo criminal!

Eu ri.

– Então é assim que o seu entusiasmo funciona! Você teria gostado de afrontar-se com o homem que surrupiou os títulos da liberdade?

A senhoria nos interrompeu.

– Uma jovem dama quer falar com o senhor, sr. Poirot. Este é o cartão dela.

O cartão apresentava a inscrição "Srta. Esmée Farquhar", e Poirot, depois de mergulhar sob a mesa para resgatar uma migalha desgarrada e depositá-la cuidadosamente na lixeira de papéis, assentiu com a cabeça para que a senhoria deixasse-a entrar.

Um minuto depois, uma das jovens mais encantadoras que jamais vi entrou na sala. Ela tinha talvez uns 25 anos, com grandes olhos castanhos e um corpo perfeito. Estava bem-vestida e seus modos eram perfeitamente distintos.

– Sente-se, eu lhe rogo, mademoiselle. Este é o meu amigo, o capitão Hastings, que me auxilia em meus pequenos problemas.

– Receio que seja um grande problema o que eu lhe trouxe hoje, monsieur Poirot – disse a jovem, concedendo-me uma agradável reverência enquanto se sentava. – Ouso dizer que o senhor já leu a respeito nos jornais. Eu me refiro ao roubo de títulos da liberdade* no *Olympia*.

Algum assombro deve ter se revelado no rosto de Poirot, pois ela continuou depressa:

– O senhor sem dúvida está se perguntando o que tenho a ver com uma instituição sisuda como o London and Scottish Bank. Em certo sentido, nada; em outro sentido, tudo. Veja bem, monsieur Poirot: sou a noiva do sr. Philip Ridgeway.

– Ahá! E o sr. Philip Ridgeway...

– Era o responsável pelos títulos quando eles foram roubados. Claro, nenhum deslize efetivo pode lhe ser atribuído, não foi culpa dele de modo algum. Mesmo assim, ele está um tanto aflito com o problema, e seu tio, eu sei, insiste que ele deve

* Títulos vendidos nos Estados Unidos para apoiar a causa aliada na Primeira Guerra Mundial e que se tornaram símbolo de patriotismo. (N.E.)

ter mencionado descuidadamente que os tinha em sua posse. É um revés terrível em sua carreira.

– Quem é o tio dele?

– O sr. Vavasour, um dos diretores-gerais do London and Scottish Bank.

– Quem sabe, srta. Farquhar, se a senhora me relatasse a história toda?

– Muito bem. Como sabe o senhor, o banco desejava ampliar seus créditos na América e, com esse propósito, decidiu enviar para lá um milhão de dólares em títulos da liberdade. O sr. Vavasour escolheu seu sobrinho, que havia ocupado uma posição de confiança no banco por vários anos e que era familiarizado com todos os detalhes das negociações em Nova York, para fazer a viagem. O *Olympia* partiu de Liverpool no dia 23, e os títulos foram entregues a Philip na manhã daquele dia pelo sr. Vavasour e pelo sr. Shaw, os dois diretores-gerais do London and Scottish Bank. Os títulos foram contados, colocados num pacote e selados diante dele, e então Philip trancou o pacote de imediato em sua mala de viagem.

– Uma mala de viagem com uma fechadura comum?

– Não, o sr. Shaw insistiu que uma fechadura especial fosse instalada nela por Hubbs. Philip, como eu disse, colocou o pacote no fundo da mala. Ele foi roubado bem poucas horas antes da chegada a Nova York. Foi realizada uma busca rigorosa no navio inteiro, mas sem qualquer resultado. Os títulos pareciam ter literalmente sumido no ar.

Poirot fez uma careta.

– Mas eles não desapareceram em absoluto, uma vez que, segundo sei, foram vendidos em pequenas parcelas dentro de meia hora após a ancoragem do *Olympia*! Bem, sem dúvida, o próximo passo é falar com o sr. Ridgeway.

– Eu estava prestes a sugerir que o senhor almoçasse comigo no Cheshire Cheese. Philip estará lá. Ele vai se encontrar comigo, mas ainda não sabe que estive consultando o senhor em nome dele.

Concordamos com a sugestão mais do que prontamente e nos dirigimos para lá num táxi.

O sr. Philip Ridgeway havia chegado antes de nós e pareceu ficar um pouco surpreso de ver sua noiva acompanhada por dois estranhos. Era um jovem de aspecto simpático, alto e elegante, com um toque de cabelo grisalho nas têmporas, embora não pudesse ter muito mais do que trinta anos.

A srta. Farquhar foi ao encontro do noivo e pousou a mão em seu braço.

– Você precisa me perdoar por agir sem consultá-lo, Philip – ela disse. – Permita-me apresentá-lo a monsieur Hercule Poirot, de quem você já deve ter ouvido falar diversas vezes, e a seu amigo, o capitão Hastings.

Ridgeway pareceu ficar perplexo.

– Claro que já ouvi falar do senhor, monsieur Poirot – ele falou enquanto trocava apertos de mãos. – Mas eu não fazia ideia de que Esmée estava pensando em consultá-lo sobre o meu... o nosso problema.

– Eu temia que você não fosse me deixar fazer isso, Philip – retrucou a srta. Farquhar, dócil.

– Por isso você tomou o cuidado de jogar com segurança – ele comentou com um sorriso. – Espero que monsieur Poirot seja capaz de lançar alguma luz nesse enigma extraordinário, pois confesso francamente que estou quase perdendo a cabeça de tanta preocupação e ansiedade em função do assunto.

Seu rosto, de fato, se mostrava esgotado e abatido, evidenciando com suficiente clareza a tensão que ele vinha enfrentando.

– Pois bem, pois bem – disse Poirot. – Almocemos, e no almoço vamos unir nossas mentes e ver o que pode ser feito. Quero ouvir diretamente a versão do sr. Ridgeway.

Enquanto discutíamos o excelente pudim de filé e rim do estabelecimento, Philip Ridgeway narrou as circunstâncias que haviam levado ao desaparecimento dos títulos. Sua versão condisse com a da srta. Farquhar em todos os pormenores. Quanto terminou de falar, Poirot se valeu da deixa para fazer uma pergunta:

– O que, exatamente, levou o senhor a descobrir que os títulos haviam sido roubados, sr. Ridgeway?

Ele riu com bastante amargura.

– O negócio estava nítido, monsieur Poirot. Eu não poderia ter deixado de perceber. O meu baú de viagem estava puxado até a metade sob o beliche, e todo cortado e arranhado na parte onde haviam tentado forçar a fechadura.

– Porém, pelo que sei, ele tinha sido aberto com uma chave?

– Isso mesmo. Tentaram forçá-lo, mas não conseguiram. No final, o ladrão deve ter conseguido destrancá-lo de alguma maneira ou de outra.

– Curioso – Poirot falou, seus olhos começando a cintilar com a luz verde que eu conhecia tão bem. – Muito curioso! O ladrão gasta muito, muito tempo tentando abrir o baú à força, e então... *sapristi!*, constata que tinha consigo a chave o tempo todo... pois cada uma das fechaduras de Hubbs é única.

– É justamente por isso que ele não poderia ter a chave consigo. A chave nunca saiu do meu bolso, dia e noite.

– O senhor tem certeza disso?

– Posso jurar, e, além disso, se o ladrão tivesse a chave consigo, por que perder tempo tentando forçar uma fechadura obviamente impossível de forçar?

– Ah! Aí está exatamente a pergunta que estamos nos fazendo! Eu me arrisco a profetizar que solução, se é que chegaremos a encontrá-la, dependerá desse fato curioso. Eu lhe rogo que não me agrida se eu lhe fizer mais uma pergunta: *O senhor tem absoluta certeza de que não deixou o baú destrancado?*

Philip Ridgeway ficou meramente encarando-o, e Poirot se desculpou gesticulando:

– Ah, mas essas coisas podem acontecer, eu lhe garanto! Muito bem, os títulos foram roubados do baú. O que foi que o ladrão fez com eles? Que jeito deu para descer em terra com eles?

– Ah! – Ridgeway exclamou. – É justamente isso. Como? Passamos o recado às autoridades alfandegárias, e cada alma viva que saiu do navio passou por um pente fino!

– E os títulos, eu deduzo, formavam um pacote volumoso?

– Por certo que sim. Dificilmente poderiam ter sido escondidos a bordo... e, de todo modo, sabemos que não foram, porque foram colocados à venda dentro de meia hora após a chegada do *Olympia*, muito tempo antes de eu despachar as mensagens e divulgar os números. Um corretor jura que comprou alguns deles inclusive antes da ancoragem do *Olympia*. Mas não é possível vender títulos por telegrafia sem fio.

– Não por telegrafia sem fio, mas algum rebocador acompanhou o navio?

– Apenas os oficiais, e isso foi depois que o alarme tinha sido dado, quando todo mundo já estava de olho vivo. Eu mesmo estava cuidando para ver se não seriam repassados para alguém desse jeito. Meu Deus, monsieur Poirot, esse negócio vai me deixar louco! As pessoas estão começando a dizer que eu mesmo os roubei.

– Mas o senhor também foi revistado no desembarque, não foi? – Poirot perguntou com delicadeza.

– Sim.

O jovem o encarou de uma maneira intrigada.

– Percebo que o senhor não capta o significado da pergunta – Poirot disse, sorrindo de modo enigmático. – Agora eu gostaria de fazer alguns questionamentos no banco.

Ridgeway tirou do bolso um cartão e rabiscou nele algumas palavras.

– Apresente isto e o meu tio vai recebê-lo de imediato.

Poirot lhe agradeceu e se despediu da srta. Farquhar; então partimos juntos para Threadneedle Street e a sede do London and Scottish Bank. Após apresentarmos o cartão de Ridgeway, fomos conduzidos por um labirinto de balcões e mesas, circundando funcionários de depósito e funcionários de saque, subindo até um pequeno escritório no primeiro andar onde fomos recebidos pelos diretores-gerais. Eram dois cavalheiros sisudos que haviam ficado grisalhos a serviço do banco. O sr. Vavasour tinha uma pequena barba branca, o sr. Shaw tinha o rosto escanhoado.

– Segundo me disseram, o senhor é um investigador estritamente particular... – falou o sr. Vavasour. – Isso mesmo, isso mesmo. Já nos colocamos, claro, aos cuidados da Scotland Yard. O inspetor McNeil está encarregado do caso. Um agente muito capacitado, acredito.

– Tenho certeza disso – Poirot retrucou com polidez. – O senhor me permite fazer algumas perguntas, em nome do seu sobrinho? Sobre a fechadura, quem a encomendou à loja de Hubbs?

– Eu mesmo a encomendei – respondeu o sr. Shaw. – Eu não confiaria algo assim a nenhum funcionário. Quanto às chaves, o sr. Ridgeway tinha uma, e as outras duas são guardadas pelo meu colega e por mim.

– E nenhum funcionário teve acesso a elas?

O sr. Shaw lançou um olhar de interrogação para o sr. Vavasour.

– Creio estar correto em afirmar que permaneceram no cofre no qual as depositamos no dia 23 – disse o sr. Vavasour. – Meu colega, por infelicidade, caiu doente duas semanas atrás... no exato dia em que Philip nos deixou. Acabou de se restabelecer.

– Bronquite aguda não é brincadeira para um homem da minha idade – observou com pesar o sr. Shaw. – Mas receio que o sr. Vavasour tenha sofrido com o trabalho duro acarretado pela minha ausência, especialmente com essa preocupação inesperada se sobrepondo a tudo.

Poirot fez mais algumas perguntas. Julguei que ele estivesse tentando medir a exata dose de intimidade entre tio e sobrinho. As respostas do sr. Vavasour eram sucintas e meticulosas. Seu sobrinho era um profissional confiável do banco e não tinha nenhuma dívida ou dificuldade financeira de que ele tivesse conhecimento. Haviam lhe confiado missões semelhantes no passado. Por fim, nos despedimos na porta com polidas reverências.

– Estou desapontado – Poirot disse quando saímos na rua.

– Você esperava descobrir mais? São velhos tão fastidiosos...

– Não é o caráter fastidioso deles que me desaponta, *mon ami*. Não espero encontrar num diretor de banco um "financista sagaz com olhos de águia", como definem as suas favoritas obras de ficção. Não, estou desapontado com o caso... é fácil demais!

– *Fácil?*

– Sim, você não o considerou de uma simplicidade quase infantil?

– Você sabe quem roubou os títulos?

– Eu sei.

– Mas então... nós precisamos... por que...

– Trate de não se confundir e se afobar, Hastings. Não faremos nada por enquanto.

– Mas por quê? O que está esperando?

– Espero pelo *Olympia*. Ele chega em sua viagem de retorno de Nova York na terça-feira.

– Mas, se você sabe quem roubou os títulos, por que esperar? Ele pode escapar.

– Para uma ilha dos Mares do Sul onde não há extradição? Não, *mon ami*, a vida lhe seria bastante incompatível lá. Quanto ao motivo da minha espera... *eh bien*, para a inteligência de Hercule Poirot o caso é perfeitamente claro, mas, em benefício dos outros, não abençoados na mesma medida pelo bom Deus... o inspetor McNeil, por exemplo... seria tanto melhor fazer alguns interrogatórios para determinar os fatos. É preciso ter consideração por aqueles que são menos talentosos do que nós.

– Santo Deus, Poirot! Sabe de uma coisa? Eu daria uma considerável soma de dinheiro para vê-lo fazer um papel de completo idiota... só uma vez. Você é tão absurdamente convencido!

– Não se enfureça, Hastings. Na verdade, observo que há ocasiões em que você quase me detesta! Ai de mim, eu sofro as penalizações da grandeza!

O homenzinho estufou o peito e suspirou tão comicamente que fui obrigado a rir.

Na terça-feira nós disparamos para Liverpool num vagão de primeira classe da London and North Western Railway. Poirot se recusara com obstinação a me esclarecer quanto a suas suspeitas... ou certezas. Contentou-se em expressar sua surpresa diante do fato de que eu não estivesse também *au fait* com a situação. Desdenhei de tentar argumentar e entrincheirei minha curiosidade por trás de uma muralha de fingida indiferença.

Tendo chegado ao cais, ao longo do qual repousava o grande transatlântico, Poirot se tornou vivaz e alerta. Nosso procedimento consistiu em entrevistar quatro camareiros em sequência e perguntar por um amigo de Poirot que havia feito a travessia para Nova York no dia 23.

– Um cavalheiro idoso, de óculos. Um grande inválido, praticamente não saía de sua cabine.

A descrição pareceu condizer com a de certo sr. Ventnor, que havia ocupado a cabine C24, adjacente à de Philip Ridgeway. Embora incapaz de entender como Poirot deduzira a existência e a aparência pessoal do sr. Ventnor, fiquei empolgadíssimo.

– Diga-me – eu exclamei –, esse cavalheiro foi um dos primeiros a desembarcar quando vocês chegaram a Nova York?

O camareiro sacudiu a cabeça.

– Não mesmo, senhor, ele foi um dos últimos a descer do barco.

Eu me retirei cabisbaixo e observei que Poirot sorria para mim. Ele agradeceu ao camareiro, uma nota trocou de mãos e nós tratamos de partir.

– Está tudo ótimo – comentei, acalorado –, mas essa última resposta deve ter estragado a sua preciosa teoria, sorria o quanto quiser!

– Como de costume, você não vê nada, Hastings. Essa última resposta, pelo contrário, dá o retoque final na minha teoria.

Joguei as mãos para o alto, em desespero.

– Desisto.

Enquanto ficamos no trem, voando rumo a Londres, Poirot escreveu por alguns minutos, concentrado, selando a mensagem final num envelope.

– Isto é para o bom inspetor McNeil. Deixaremos o envelope na Scotland Yard passando por lá, e então seguiremos para o Rendezvous Restaurant, onde pedi que a srta. Esmée Farquhar nos desse a honra de jantar conosco.

– E quanto a Ridgeway?

– O que tem ele? – Poirot perguntou piscando um olho.

– Ora, você certamente não acha... você não pode...

– O hábito da incoerência está se intensificando em você, Hastings. Para falar a verdade, eu *de fato* pensei. Se Ridgeway tivesse sido o ladrão, o que era perfeitamente possível, o caso teria sido encantador, um trabalhinho metódico e esmerado.

– Mas não tão encantador assim para a srta. Farquhar.

– É possível que você esteja certo. Portanto, melhor assim. Agora, Hastings, revisemos o caso. Percebo que você está apostando nisso. O pacote selado é retirado do baú e, como diz a srta. Farquhar, desaparece no ar. Vamos descartar a teoria do ar, que não é praticável no atual estágio da ciência, e considerar o destino mais factível do pacote. Todo mundo reafirma sua incredulidade de que pudesse ter sido tirado clandestinamente do navio...

– Sim, mas nós sabemos...

– *Você* pode saber, Hastings. Eu não. Sou da opinião de que, uma vez que parecia inacreditável, *era* inacreditável. Duas possibilidades permanecem: foi escondido a bordo... também bastante difícil... ou foi atirado ao mar.

– Com uma boia, você quer dizer?

– Sem uma boia.

Eu o encarei, espantado.

– Mas, se os títulos foram atirados ao mar, eles não poderiam ter sido vendidos em Nova York.

– Eu admiro seu raciocínio lógico, Hastings. Os títulos foram vendidos em Nova York, portanto não foram atirados ao mar. Você vê para onde isso nos leva?

– Para onde estávamos quando começamos.

– *Jamais de la vie!* Se o pacote foi atirado ao mar, e os títulos foram vendidos em Nova York, o pacote não poderia conter esses títulos. Existe alguma evidência de que o pacote *de fato* continha os títulos? Lembre-se, o sr. Ridgeway não o abriu em nenhuma ocasião a partir do momento no qual ele foi colocado em suas mãos em Londres.

– Sim, mas depois...

Poirot agitou uma mão impaciente.

– Permita-me continuar. O último momento em que os títulos são vistos como títulos é na sede do London and Scottish Bank, na manhã do dia 23. Eles reaparecem em Nova York meia hora após a ancoragem do *Olympia*, e, de acordo com um homem ao qual ninguém dá ouvidos, efetivamente *antes* da ancoragem. E se supormos, então, que nunca estiveram no *Olympia* em absoluto? Existe alguma outra forma pela qual eles poderiam chegar a Nova York? Sim. O *Gigantic* sai de Southampton no mesmo dia em que o *Olympia*, e detém o recorde para o Atlântico. Enviados pelo *Gigantic*, os títulos estariam em Nova York um dia antes da chegada do *Olympia*. Tudo fica claro, o caso começa a se explicar. O pacote selado é apenas uma réplica, e o momento de sua substituição deve ser na sede do banco. Seria uma tarefa fácil, para qualquer um dos três homens presentes, preparar um pacote falso que pudesse substituir o genuíno. *Très bien*, os títulos são enviados para um comparsa em Nova York, com instruções de vender assim que o *Olympia* aportar, mas alguém precisa viajar no *Olympia* para encenar o suposto momento do roubo.

– Mas por quê?

– Porque, se Ridgeway meramente abre o pacote e acha uma réplica, a suspeita voa no mesmo instante para Londres. Não, o homem a bordo na cabine ao lado faz seu trabalho, finge forçar a fechadura de uma maneira óbvia, de modo a chamar atenção imediata para o roubo, na verdade destranca o baú com uma cópia da chave, joga o pacote no mar e espera até deixar o barco por último. Naturalmente, usa óculos para esconder seus olhos e é um inválido, pois não quer correr o risco de encontrar Ridgeway. Ele desce em terra em Nova York e retorna no primeiro barco disponível.

– Mas quem... qual deles era?

– O homem que tinha uma cópia da chave, o homem que encomendou a fechadura, o homem que *não* estava gravemente adoentado com bronquite em sua casa no campo... *enfin*, aquele velho fastidioso, o sr. Shaw! Por vezes há criminosos em altas posições, meu amigo. Ah, chegamos. Mademoiselle, tive êxito! A senhorita me permite?

E, com um sorriso luminoso, Poirot beijou de leve a jovem atônita em cada bochecha!

A caixa de chocolates

"The Chocolate Box" foi publicado pela primeira vez como "The Clue of the Chocolate Box" em *The Sketch* em 23 de maio de 1923.

Era uma noite de tempestade. Do lado de fora, o vento uivava, terrível, enquanto a chuva castigava as vidraças em rajadas violentas.

Poirot e eu sentávamos virados para a lareira, com as pernas esticadas para o calor agradável do fogo. Entre nós, havia uma mesinha. Do meu lado, fumegava uma caneca de *toddy*.* Do lado de Poirot, um chocolate quente, forte e encorpado, que eu não beberia nem que me dessem cem libras! Ele tomava aquela mistura repugnante numa xícara rosa de porcelana, suspirando de satisfação a cada gole.

– *Quelle belle vie*! – ele murmurou.

– Sim, bela e generosa – concordei. – Aqui estou eu, com o meu empreguinho de sempre! E você, aproveitando a fama!

– Oh, *mon ami*! – protestou Poirot.

* Bebida feita de destilados, especialmente uísque, com água quente, açúcar e, em geral, suco de limão. (N.T.)

– Mas está certo. O seu sucesso é merecido. Quando penso em todos os casos que você solucionou, é impossível não ficar admirado. Você sabe o que significa fracassar?

– Só um idiota não saberia.

– Falo sério. Você já fracassou alguma vez?

– Inúmeras vezes, meu amigo! O que vai se fazer? *La bonne chance*... nem sempre é possível que ela esteja do nosso lado. Já aconteceu de pedirem a minha ajuda tarde demais. Ou de outra pessoa, que trabalhava no mesmo caso, descobrir a solução antes de mim. Duas vezes tive problemas de saúde que literalmente me derrubaram, quando eu estava a ponto de resolver um caso. É preciso estar preparado tanto para o sucesso quanto para o fracasso.

– Não é a isso que me refiro – eu disse. – Quero saber é se você já deixou de resolver um caso por ter cometido um erro.

– Ah, entendi! Você quer saber se eu já me enganei completamente, se já fiz papel de bobo, é isso? Uma vez... – um sorriso maroto passou pelos lábios de Poirot. – Uma vez eu errei feio.

Ele se endireitou subitamente na cadeira.

– Veja bem, meu amigo. Sei que você tem tomado nota de todos os meus sucessos. Você deve agora acrescentar outra história à sua coleção, a história de um fracasso!

Poirot inclinou-se e colocou mais lenha no fogo. Então, depois de limpar cuidadosamente as mãos na flanela que ficava dependurada num prego ao lado da lareira, voltou a sentar-se e começou a história.

– Aconteceu na Bélgica, anos atrás. Foi na época da luta terrível entre a Igreja e o governo na França. O sr. Paul Déroulard era um eminente deputado francês. Corria o boato de que ele seria nomeado ministro. Ele era um dos membros mais radicais do partido anticatólico, e é certo que, se ascendesse ao poder, teria de enfrentar uma violenta oposição. Era um homem peculiar. Embora não bebesse nem fumasse, nem por isso tinha hábitos de monge. Sabe, Hastings, *c'était des femmes... toujours des femmes*!

"Anos antes ele tinha casado com uma jovem de Bruxelas, herdeira de uma grande fortuna. O dinheiro foi útil para a carreira dele, porque Paul Déroulard não vinha de uma família rica, apesar de ter à sua disposição um título de barão. O casal não teve filhos, e a esposa morreu dois anos mais tarde, depois de uma queda da escada. Entre as propriedades que ela lhe deixou havia uma casa na Avenue Louise, em Bruxelas.

"Foi nessa casa que a morte inesperada do deputado aconteceu. O evento coincidiu com a demissão do ministro que ele deveria substituir.

Todos os jornais publicaram matérias extensas sobre a carreira de Paul Déroulard. A morte, que ocorreu subitamente numa noite depois do jantar, foi atribuída a um problema cardíaco.

"Na época, como você sabe, eu fazia parte da força de polícia da Bélgica. A morte de Paul Déroulard pouco me interessou. Sou um *bon catholique* e estava feliz por ele não ter assumido o ministério. Três dias depois, quando eu entrava de férias, recebi a visita de uma mulher em meu apartamento. O vestido e o chapéu de luto davam-lhe um ar pesado, mas era evidentemente muito jovem. Logo percebi que se tratava de uma *jeune fille tout à fait comme il faut.* 'Monsieur Hercule Poirot?', perguntou ela, num tom de voz baixo e melodioso. Confirmei com a cabeça. 'Detetive da polícia?' Mais uma vez concordei com um gesto. 'Por favor, sente-se, mademoiselle.' Ela aceitou a cadeira e ergueu o véu. Tinha um rosto bonito, apesar de descomposto pelo choro e assombrado por uma ansiedade cortante. 'Monsieur', disse ela, 'sei que está entrando de férias, mas gostaria de contratar os seus serviços como detetive particular. Não quero envolver a polícia nesse assunto.'

"Balancei a cabeça numa negativa. 'Não posso fazer o que a senhorita me pede. Mesmo de férias, continuo sendo da polícia.' Ela se inclinou na minha direção. '*Écoutez, monsieur.* Tudo o que peço é que investigue o caso. O senhor tem a liberdade de contar à polícia o que descobrir. Se for mesmo verdade o que eu penso, vamos precisar ter ao nosso lado as engrenagens da lei.' A declaração dela apresentava o caso sob uma nova ótica, e me dispus imediatamente a ajudá-la.

"As bochechas dela coraram um pouco. 'Muito obrigada, monsieur. É a morte do sr. Paul Déroulard que quero que investigue.' '*Comment*?', perguntei eu, surpreso. 'Monsieur, não tenho provas, só o meu instinto feminino, mas estou convencida, realmente *convencida*, de que o sr. Déroulard não sofreu uma morte natural!' 'Mas os médicos...' 'Médicos às vezes se enganam. Ele era muito forte, robusto. Ah, monsieur Poirot, eu preciso da sua ajuda!' A pobre moça estava desesperada. Ela teria se ajoelhado a meus pés. Procurei acalmá-la como pude. 'Está bem. Vou ajudá-la, mademoiselle. Tenho certeza de que seus medos são infundados, mas vamos investigar. Em primeiro lugar, gostaria que me descrevesse as pessoas que moram na casa.' 'Há os empregados, é claro. Jeannette, Félice e Denise, a cozinheira. Ela está lá há vários anos, as outras são moças simples, que vieram do interior. Além delas, François, que também é empregado antigo. A mãe do sr. Déroulard também morava com ele, além de mim. Me chamo Virginie Mesnard. Sou uma prima da falecida sra. Déroulard, esposa de Paul, e moro com a família há mais de três anos. Essas são as pessoas que residem na casa, mas há também dois hóspedes.'

"'E quem são eles?', perguntei. 'O sr. de Saint Alard, um vizinho do sr. Déroulard na França. E também um amigo inglês, o sr. John Wilson.' 'E eles ainda estão lá, com vocês?' 'O sr. Wilson, sim. O sr. de Saint Alard partiu ontem.' 'E a senhora tem algum plano, mademoiselle Mesnard?' 'Daqui meia hora, o senhor vai até a casa, e já terei arranjado uma desculpa para justificar a sua presença. O melhor é eu dizer que o senhor é jornalista ou algo parecido. Digo que o senhor veio de Paris e que trouxe uma carta de apresentação do sr. de Saint Alard. Madame Déroulard tem uma saúde muito fraca, não vai querer saber de detalhes.'

"Com aquela desculpa engenhosa forjada pela jovem, fui recebido na casa. Depois de uma breve conversa com a mãe do falecido deputado, que era uma figura imponente e aristocrática, apesar da saúde visivelmente debilitada, fui liberado para fazer o meu trabalho. Eu não sei, meu amigo, se você percebe a dificuldade da minha tarefa. O deputado havia morrido há três dias. Caso ele tivesse sido assassinado, só uma hipótese seria possível: *envenenamento*! Eu não tivera acesso ao corpo, nem poderia examinar o instrumento através do qual o veneno teria sido administrado. Não havia pista, verdadeira ou falsa, que eu pudesse seguir. Seria um caso de envenenamento ou de morte natural? Eu teria de decidir por mim mesmo, sem nada no que me basear.

"Primeiro interroguei os empregados da casa e, com a ajuda deles, reconstituí o que havia acontecido naquela noite. Dei atenção especial à comida do jantar e ao modo como foi servida. O próprio Déroulard serviu-se da sopa de uma terrina. O prato seguinte foi costeleta, seguida de frango. Na sobremesa, salada de frutas. Tudo era posto sobre a mesa e as pessoas se serviam. O café foi trazido num bule. Seria impossível envenenar alguém sem envenenar os outros junto!

"Depois do jantar, madame Déroulard se retirou aos seus aposentos, e mademoiselle Virginie a acompanhou. Os três homens foram até o escritório do sr. Déroulard. Lá, eles conversaram por um tempo, até que, de repente, o deputado caiu no chão. O sr. de Saint Alard gritou a François que chamasse um médico. Ele tinha certeza de que se tratava de uma apoplexia. Mas quando o doutor chegou, já não havia o que fazer.

"O sr. John Wilson, a quem fui apresentado por mademoiselle Virginie, era um típico inglês de meia-idade, corpulento e um pouco barrigudo. O relato dele, narrado num francês britânico, não acrescentou muito ao que eu já sabia: 'O rosto de Déroulard ficou muito vermelho e, quando vimos, ele já estava caído no chão.' A história parecia clara e convincente. O meu próximo passo foi ir à cena da tragédia, o escritório, onde pedi que me deixassem sozinho. Até então, nada havia que pudesse corroborar a teoria de mademoiselle Mesnard. Eu considerava a ideia de ela estar fantasiando. A paixão que ela tinha por Déroulard impedia que ela aceitasse a morte dele como algo natural. Independente disso, revistei todo o escritório meticulosamente. Era possível, por exemplo, que uma seringa hipodérmica tivesse sido escondida na poltrona do morto de forma a injetar-lhe uma dose letal de veneno. A rápida picada não seria sequer percebida. Mas não havia sinais disso. Deixei-me cair na poltrona, sentindo-me derrotado.

"'Vou abandonar o caso', disse eu por fim, em voz alta. 'Não há pistas! Nada de anormal!' Nem bem eu pronunciei essas palavras e meus olhos se fixaram numa caixa de chocolates que estava em cima de uma mesa próxima. Meu coração deu um pulo. Talvez a caixa não tivesse relação com a morte de Déroulard, mas era estranho que estivesse ali. Levantei a tampa. Ela estava cheia, não tinha sido tocada, nenhum chocolate estava faltando. Isso tornava a presença dela no escritório ainda mais suspeita. A caixa tinha uma peculiaridade, Hastings. Ela era rosa, mas com a tampa azul. É comum amarrarem uma fita azul numa caixa rosa, ou vice-versa, mas naquele caso a tampa era de cor diferente. Não, decididamente, *ça ne se voit jamais*!

“Eu ainda não conseguia perceber a utilidade daquela descoberta para o caso, mas estava determinado a seguir investigando aquele fato fora do comum. Toquei a campainha para que François aparecesse e perguntei a ele se o falecido patrão gostava de doces. Um sorriso melancólico passou pelos seus lábios. ‘Ele adorava doces, monsieur. Havia sempre uma caixa de chocolates na casa. Apesar de que nem vinho ele bebia.’ ‘Mas essa caixa não foi sequer tocada...’, disse eu, erguendo a tampa para mostrar-lhe o conteúdo. ‘Sim, mas é uma caixa nova, comprada no dia da morte dele. Havia outra.’ ‘E essa outra foi consumida no dia da morte dele?’, perguntei calmamente. ‘Sim, monsieur. Na manhã seguinte, encontrei-a vazia e joguei no lixo.’

“Refleti por um momento, depois continuei. ‘O sr. Déroulard comia doces a qualquer hora do dia?’ ‘Normalmente depois do jantar, monsieur.’ As coisas começavam a fazer sentido para mim. ‘François’, disse eu, ‘posso confiar em você?’ ‘Sim, monsieur.’ ‘*Bon*! Fique sabendo, então, que sou da polícia. Você tem como encontrar a outra caixa?’ ‘Sem dúvida, monsieur. Ela está na lixeira.’ François partiu e retornou em poucos minutos com um objeto coberto de poeira. Era uma caixa exatamente igual àquela que eu tinha, exceto que a tampa dessa vez era rosa, e a caixa, azul. Agradeci a François, recomendei-lhe uma vez mais que fosse discreto e deixei a casa.

"Em seguida entrei em contato com o médico que tinha examinado o corpo do sr. Déroulard. Minha dificuldade com ele foi de outra ordem. O tempo todo durante a conversa ele se manteve protegido com o uso de um pedante jargão, mas isso não impediu que eu percebesse a sua insegurança sobre o caso. 'Há muitos incidentes curiosos como esse', observou ele. 'Um acesso de raiva ou outra emoção violenta, depois do jantar, *c'est entendu*... O sangue sobe imediatamente à cabeça e *pst*! O estrago está feito.' 'Mas o sr. Déroulard não teve nenhum acesso de raiva.' 'Não? Que eu saiba ele estava no meio de uma terrível discussão com o sr. de Saint Alard!' 'O senhor tem certeza disso?' '*C'est évident*!' O doutor deu de ombros. 'O sr. de Saint Alard é um católico dos mais fanáticos! A amizade deles estava sendo arruinada por essa disputa entre a Igreja e o Estado. Eles brigavam todos os dias. Aos olhos do sr. de Saint Alard, Déroulard era quase um anticristo!'

"Eu não sabia nada daquilo, e me deu o que pensar. 'Outra coisa, doutor', perguntei, 'seria possível introduzir uma dose fatal de veneno em um chocolate?' 'Acredito que sim', disse o médico pensativo. 'Acido prússico, por exemplo, desde que se evitasse a evaporação. Como outras substâncias, em pequena quantidade, não seria sequer percebido durante a ingestão. Mas essa não me parece uma hipótese plausível... Um chocolate de morfina, um chocolate de estricnina?' O médico fez uma careta. 'Bem, sr. Poirot, uma mordida seria o suficiente! O desavisado desabaria antes mesmo de se dar conta.'

"Agradeci ao médico e fui embora. Consultei farmacêuticos, especialmente os que trabalhavam na vizinhança da Avenue Louise. Era uma vantagem eu ser da polícia. Eu conseguia as informações de que precisava sem grande dificuldade. Só havia um caso de substância venenosa entregue na casa. Um colírio de sulfato de atropina preparado para o uso de Madame Déroulard. Atropina é um veneno poderoso e por um momento fiquei eufórico, mas os sintomas do envenenamento por atropina são semelhantes aos de uma intoxicação alimentar e não condiziam com o caso em questão. Além disso, a receita era antiga. Madame Déroulard sofria de catarata em ambos os olhos havia anos.

"Eu estava saindo da farmácia, desestimulado, quando o farmacêutico me chamou de volta. '*Un moment, monsieur Poirot.* Lembro-me da moça que trouxe essa receita. Ela comentou que teria de pegar outra coisa com um farmacêutico inglês. Acho que é nesse endereço...' Fui até o local indicado por ele. Valendo-me mais uma vez das minhas prerrogativas oficiais, consegui obter a informação que eu queria. No dia anterior à morte do sr. Déroulard, uma receita fora aviada para o sr. John Wilson. Nada de mais. Simples comprimidos de trinitrina. Perguntei ao farmacêutico se ele poderia me mostrar alguns. Ao vê-los, meu coração disparou. Eram feitos de *chocolate*! 'São venenosos?', perguntei. 'Não, monsieur.' 'Que efeito eles têm?' 'Abaixam a pressão sanguínea. São recomendados para certos problemas cardíacos, *angina pectoris*, por exemplo. Alivia a pressão arterial. Em casos de arteriosclerose...'

"Eu o interrompi. '*Ma foi*! Essa lenga-lenga não está me ajudando. Me diga uma coisa... Esse remédio pode fazer o sangue subir à cabeça?' 'Certamente que sim.' 'E se eu ingerir dez... vinte dos seus pequenos comprimidos?' 'Eu não lhe recomendaria fazer isso...', ponderou o farmacêutico, desconfiado. 'Mas você disse que não são venenosos.' 'Muitas substâncias que não são ditas venenosas podem matar', respondeu ele com a mesma cautela. Saí da farmácia exultante. As coisas estavam se encaminhando! Agora eu sabia que John Wilson tivera meios de cometer o crime. Mas e quanto ao motivo? Ele conhecia o sr. Déroulard apenas superficialmente. Tinha vindo à Bélgica a trabalho e pedira que o deputado o hospedasse. Aparentemente, a morte de Déroulard não lhe traria qualquer benefício. Além disso, recebi informações da Inglaterra confirmando que ele havia anos sofria de angina, doença cardíaca dolorosa. Isso explicava perfeitamente a encomenda dos comprimidos. Ainda assim, eu estava convencido de que alguém mexera nas caixas de chocolate. Deviam ter aberto primeiro a nova, por engano, depois a outra, e substituído o recheio dos últimos chocolates com o máximo possível de comprimidos de trinitrina. Os chocolates eram grandes. Vinte ou trinta comprimidos poderiam ter sido inseridos. Mas quem teria feito isso?

"Duas pessoas estavam hospedadas na casa. John Wilson tinha meios de cometer o crime. Saint Alard, o motivo. Ele era um fanático, e um fanático religioso, que em geral são os mais radicais. Teria ele se apossado da trinitrina de John Wilson? Mas tive outra ideia. Ah, você acha graça das minhas ideias, *mon ami*? Preste bem atenção. Por que o suprimento de Wilson teria acabado? Ele devia ter trazido uma boa quantidade do remédio da Inglaterra. Fui novamente até a casa na Avenue Louise. Wilson tinha saído, mas consegui falar com a moça que limpava o quarto dele, Félice. Perguntei a ela se era verdade que um frasco de remédio do sr. Wilson desaparecera do banheiro. Ela confirmou imediatamente a minha suposição. Era verdade. Mas, ao contrário do que pensava o inglês, não fora ela quem o tinha quebrado. Ela sequer tocara no frasco. A culpa devia ser de Jeannette, que sempre fuçava nas coisas quando estava desocupada.

"Fiz com que ela se acalmasse e depois fui embora. Eu tinha todas as informações de que precisava. Só me faltavam as provas. Sabia que não seria fácil obtê-las. Não bastava eu ter certeza de que Saint Alard roubara o frasco de trinitrina do armário do banheiro de John Wilson. Para convencer os outros, eu precisaria de evidências. E eu não tinha evidência alguma! Mas o principal é que eu *sabia*. Você se lembra de como para mim foi difícil resolver o caso Styles, Hastings? Naquela época eu também *sabia*, mas demorei para descobrir a evidência decisiva, a minha prova contra o assassino.

"Entrei novamente em contato com mademoiselle Mesnard. Ela se prontificou a me receber imediatamente. Pedi a ela o endereço do sr. de Saint Alard. Ela me olhou, constrangida. 'Para quê, monsieur?' 'Mademoiselle, é muito importante.' Ela hesitou. Estava confusa. 'Não vejo no que ele pode ser útil. Assuntos mundanos não são do interesse dele. Ele vive no mundo da lua.' 'Talvez, mademoiselle. Mas ele era um velho amigo do sr. Déroulard. Ele pode me passar informações sobre a vida pregressa do falecido deputado, antigas rivalidades, casos amorosos.' A moça ficou roxa e mordeu o lábio. 'Como o senhor quiser... Mas creio que eu estava errada. Foi muito bom que o senhor se encarregasse do caso... Fiquei realmente muito preocupada, abalada na época. Mas agora percebo que não há mistério. Monsieur, por favor, deixe as coisas como estão.' Olhei firme nos olhos dela. 'Mademoiselle', disse eu, 'às vezes um cão tem dificuldade de encontrar um rastro, mas depois que o fareja ele não o abandona por nada nesse mundo! Pelo menos se ele for um bom cão. E eu, mademoiselle, Hercule Poirot, sou um ótimo cão!'

"Sem mais uma palavra, ela me virou as costas e deixou a sala. Minutos depois ela retornou com o endereço anotado em uma folha de papel. Saí da casa. François me esperava do lado de fora e olhou para mim ansioso. 'Alguma novidade, monsieur?' 'Por enquanto nada, meu amigo.' 'Ah! Pobre monsieur Déroulard!', ele suspirou. 'Eu também pensava como ele. Não gosto de padres. É claro que não digo isso na casa. As mulheres são muito religiosas, o que talvez seja bom. *Madame est très pieuse, et mademoiselle Virginie aussi.*' Mademoiselle Virginie? Seria ela *très pieuse*? Lembrei-me do rosto apaixonado, sujo de lágrimas, que eu vira no primeiro dia em que ela fora me procurar.

"Com o endereço do sr. de Saint Alard em mãos, não perdi mais tempo. Consegui me hospedar nos arredores do seu castelo nas Ardenas, mas precisei de alguns dias para descobrir um pretexto que me permitisse entrar na casa. Disfarcei-me, imagine você, de encanador! Em poucos minutos, dei um jeito de provocar também um pequeno vazamento de gás no quarto dele. Saí para buscar ferramentas, e tomei o cuidado de retornar no momento em que sabia que o terreno estaria livre para mim. O que eu procurava? Dificilmente, acharia algo. Ele não guardaria consigo nada que pudesse incriminá-lo. Mas quando descobri que o armário em cima da pia do banheiro estava trancado, não pude resistir à tentação de arrombá-lo. A fechadura não era complicada. Abri a porta e deparei-me com velhos frascos de remédio. Examinei um por um, com as mãos trêmulas. De repente, deixei escapar um grito. Imagine que eu tinha em minhas mãos um vidrinho com um rótulo escrito em inglês. *Comprimidos de trinitrina. Tomar um quando necessário. Sr. John Wilson.*

"Procurei me controlar, fechei o armário, guardei o vidrinho no bolso e continuei a consertar o vazamento de gás! As coisas tinham de ser feitas passo a passo. Deixei o castelo e peguei um trem de volta assim que possível. Cheguei a Bruxelas tarde da noite. Eu estava escrevendo um relatório para apresentar ao chefe de polícia naquela manhã, quando me entregaram um bilhete. Era da velha madame Déroulard, e pedia que eu fosse até a casa na Avenue Louise sem demora.

"François abriu a porta para mim. 'A baronesa está esperando pelo senhor.' Ele levou-me até os aposentos dela. Ela estava sentada numa cadeira e parecia agitada. Não havia sinal de mademoiselle Virginie. 'Sr. Poirot', disse a velha senhora, 'acabo de descobrir que o senhor não é o que dizia ser.

O senhor é da polícia.' 'É verdade, madame.' 'O senhor veio aqui para investigar as circunstâncias da morte do meu filho?' 'Exatamente, madame', foi o que respondi. 'Agradeceria se o senhor me contasse o que descobriu.' Hesitei por um momento. 'Primeiro gostaria de saber como a senhora soube de tudo.' 'Por alguém que não está mais entre nós.' A seriedade com que ela disse aquelas palavras chocantes arrepiou-me. Fiquei sem saber o que responder. 'É por isso que estou lhe pedindo para contar-me o que descobriu', continuou ela. 'Madame, descobri que seu filho foi assassinado.' 'Assassinado?' 'Sim, assassinado.' 'E por quem, o senhor sabe?' 'Sim, madame.' 'Por quem, então?' 'Pelo sr. de Saint Alard.' 'Não pode ser. O sr. de Saint Alard seria incapaz de um crime desses.' 'Mas eu posso provar.' 'Peço uma vez mais que me conte tudo.'

"Obedeci e relatei a ela todos os meus passos até a descoberta da verdade. Ela me escutou atentamente. No final, balançou a cabeça. 'Sim, sim, é tudo como o senhor diz, exceto por um detalhe. Não foi o sr. de Saint Alard quem matou meu filho. Fui eu mesma, a mãe dele.' Arregalei os olhos para ela. Ela continuava a balançar a cabeça calmamente. 'Foi bom eu tê-lo chamado. Foi a providência divina que fez Virginie me contar, antes de partir para o convento, o que ela tinha feito. Escute, sr. Poirot! Meu filho era um homem mau.

Ele perseguia a Igreja. Levava uma vida de pecados. Arrastava consigo outras almas. E isso não é tudo. Quando saí do meu quarto, nesta casa, certa manhã, vi minha nora parada no topo das escadas. Ela lia uma carta. Vi meu filho esgueirar-se por trás dela. Um rápido empurrão. Minha nora caiu e bateu de cabeça nos degraus de mármore. Quando foram levantá-la, estava morta. Meu filho era um assassino, e apenas eu, sua mãe, sabia disso.'

"Ela fechou os olhos por um momento. 'O senhor não pode imaginar a minha agonia, o meu desespero. O que eu podia fazer? Denunciá-lo à polícia? Eu não era capaz de fazer isso. Era o meu dever, mas eu não tinha coragem. E depois, será que acreditariam em mim? Faz tempo que meus olhos já não funcionam direito. Diriam que eu me enganara. Fiquei quieta. Mas não tive paz de espírito. Era como se eu também fosse uma assassina. Meu filho herdou a herança da mulher e teve um grande êxito profissional graças a sua impiedade e prepotência. Ele estava a ponto de ser nomeado ministro. A perseguição que ele fazia à igreja seria redobrada. A bela Virginie, pobre criança, estava fascinada por ele, apesar de sua inclinação natural para a religião. Déroulard tinha um poder estranho e terrível sobre as mulheres. Vi o que estava prestes a acontecer. Eu não tinha como impedir. Ele não iria casar com ela. E havia chegado o momento em que ela não conseguiria mais resistir.'

"'Foi então que vi com clareza o que eu devia fazer', continuou ela. 'Ele era meu filho. Eu tinha lhe dado a vida. Eu era responsável por ele. Ele tinha matado uma mulher e iria destruir a alma de outra! Fui até o quarto do sr. Wilson e peguei o frasco de comprimidos. Ele uma vez comentara brincando que havia o suficiente para matar um homem! Fui até o escritório e abri a caixa de chocolates que sempre ficava na mesa. Eu abri a caixa nova por engano, mas a outra também estava lá. Sobrara nela apenas um chocolate. Isso simplificava as coisas. Só meu filho e Virginie comem chocolate. Eu a manteria junto de mim aquela noite. As coisas aconteceram conforme eu planejara.' Ela fez uma pausa, fechando os olhos por um momento. Depois os abriu e disse: 'Sr. Poirot, estou em suas mãos. Não tenho muitos dias de vida. Quero responder pelos meus atos diante de Deus. Será necessário que eu responda por eles também na terra?' Hesitei por um momento. 'Mas e o frasco vazio, madame?, disse eu, para ganhar tempo. 'Como ele foi parar nas mãos do sr. de Saint Alard?'

"'Quando ele veio se despedir de mim', explicou ela, 'eu dei um jeito de colocar o frasco no bolso dele. Eu não sabia como me livrar daquilo. Minha saúde é tão precária que preciso de ajuda para me locomover. Se o frasco vazio fosse encontrado no meu quarto, geraria suspeitas. O senhor compreende?', perguntou ela, endireitando-se na cadeira e olhando firmemente na minha direção. 'Meu objetivo não era incriminar o sr. de Saint Alard! Nunca imaginei que algo assim pudesse acontecer. Imaginei que um criado fosse encontrar o frasco vazio no bolso do casaco dele e depois jogar fora.' Movi a cabeça, concordando com ela. 'Eu compreendo, madame.' 'E qual é a sua decisão, monsieur?' Ela perguntou aquilo em alto e bom-tom, erguendo a cabeça com grande dignidade. Levantei-me. 'Madame, quero desejar-lhe um bom dia. Investiguei o crime e fracassei! O caso está encerrado.'"

Poirot ficou em silêncio por um momento, depois disse, numa voz calma e pausada:

– Ela morreu uma semana depois. Mademoiselle Virginie completou o noviciado e professou os votos perpétuos. E esse é o final da história, meu amigo. Devo admitir que não me orgulho do papel que fiz nela.

– Mas isso não chega a ser um fracasso! – protestei. – As circunstâncias eram mesmo complicadas. O que é que você poderia fazer?

– *Ah, sacré, mon ami*! – exclamou Poirot, subitamente animado. – Será que você não vê? Agi como um completo idiota! Foi como se meu cérebro deixasse de funcionar. A chave para a solução do caso estava em minhas mãos e eu não vi.

– Que chave?

– *A caixa de chocolates*! Você não percebe? Só uma pessoa com problemas de visão se enganaria daquela forma. Eu sabia que madame Déroulard sofria de catarata. Ela usava colírio de atropina. Ela era a única pessoa na casa que poderia ter trocado a tampa das caixas sem se dar conta. A caixa de chocolates foi a primeira pista que encontrei e ainda assim não fui capaz, no final, de perceber o seu verdadeiro significado!

– Também cometi erros de psicologia. Se o sr. de Saint Alard fosse o criminoso, ele jamais guardaria consigo o frasco. Encontrá-lo no armário dele era a prova da sua inocência. Mademoiselle Virginie já tinha me dito que ele vivia no mundo da lua. Esse foi realmente um caso em que fiz papel de bobo! É primeira vez que conto essa história para alguém. Ela me constrange. Uma velha senhora comete um crime, de uma forma tão simples e engenhosa, e eu, Hercule Poirot, faço papel de bobo! *Sapristi*! Tenho vergonha só de lembrar. Esqueça essa história. Ou melhor, guarde-a bem na memória, e se algum dia você desconfiar que me tornei presunçoso...

Tive de conter um sorriso.

– *Eh bien*, meu amigo, se um dia isso acontecer, por mais improvável que seja, você vai sussurrar no meu ouvido: “caixa de chocolates”. Combinado?

– Combinado!

– Mas de qualquer forma valeu pela experiência. Até mesmo eu, o detetive mais perspicaz da Europa, posso me enganar...

– Caixa de chocolates – murmurei eu, gentilmente.

– *Pardon, mon ami?*

Ao dizer aquilo, Poirot se inclinou na minha direção com uma expressão tão inocente, que imediatamente me compadeci. Eu também podia aprender com meus erros, mesmo não sendo o detetive mais perspicaz da Europa, e Poirot era quem mais me ajudava nesse sentido, pela maneira implacável como costumava me criticar.

– Não foi nada – menti, e acendi outro cachimbo, sorrindo para mim mesmo.

A aventura da tumba egípcia

"The Adventure of the Egyptian Tomb" foi publicado pela primeira vez em *The Sketch* em 26 de setembro de 1923.

Sempre considerei que uma das mais emocionantes e dramáticas das minhas diversas aventuras partilhadas com Poirot foi a nossa investigação da estranha série de mortes que se seguiu à descoberta e abertura da tumba do rei Men-her-Ra.

Logo após a descoberta da tumba de Tutancâmon por Lord Carnavon, Sir John Willard e o sr. Bleibner de Nova York, efetuando suas escavações não longe do Cairo, nas proximidades das pirâmides de Gisé, toparam inesperadamente com uma série de câmaras mortuárias. A descoberta desencadeou um tremendo interesse. A tumba parecia ser a do rei Men-her-Ra, um desses faraós obscuros da oitava dinastia, quando o Antigo Reino estava caindo em decadência. Pouco se sabia sobre esse período, e as descobertas foram amplamente noticiadas nos jornais.

Logo houve um acontecimento que comoveu a opinião pública. Sir John Willard morreu muito subitamente, de um ataque cardíaco.

Os jornais mais sensacionalistas aproveitaram de imediato a oportunidade para reavivar todas as antigas histórias supersticiosas relacionadas ao infortúnio provocado por certos tesouros egípcios. A múmia agourenta do Museu Britânico, aquela velha piada conhecida por todos, foi exposta com renovado entusiasmo, que foi discretamente negada pelo museu, mas mesmo assim desfrutou de toda a sua popularidade habitual.

Quinze dias depois, o sr. Bleibner morreu de septicemia aguda, e alguns dias depois, um sobrinho dele se matou com um tiro em Nova York. A "Maldição de Men-her-Ra" tornou-se o assunto do momento, e o poder mágico do Egito morto e enterrado começou a ser exaltado num nível de fetiche.

Foi então que Poirot recebeu um bilhete de Lady Willard, viúva do falecido arqueólogo, pedindo-lhe que fosse visitá-la em sua casa, em Kensington Square. Acompanhei-o.

Lady Willard era uma mulher alta e magra, vestida em luto fechado. Seu rosto abatido era um eloquente testemunho de seu pesar recente.

– É bondade sua ter vindo tão prontamente, monsieur Poirot.

– Estou ao seu dispor, Lady Willard. A senhora desejava me consultar?

– O senhor é, como bem sei, um detetive, mas não é apenas como detetive que desejo consultá-lo. O senhor é também um homem de opiniões originais, tem imaginação, experiência do mundo. Diga-me, monsieur Poirot: quais são as suas opiniões a respeito do sobrenatural?

Poirot hesitou por um momento antes de responder. Parecia estar ponderando. Por fim falou:

– Não criemos mal-entendidos entre nós, Lady Willard. Não é uma pergunta de caráter geral que a senhora está me fazendo aqui. Existe uma aplicação pessoal, não é mesmo? Está se referindo de maneira indireta à morte do seu marido?

– Isso mesmo – ela admitiu.

– Quer que eu investigue as circunstâncias da morte dele?

– Quero que verifique para mim, ao certo, o quanto é conversa furada dos jornais e o quanto se pode dizer que é fundamentado em fatos. Três mortes, monsieur Poirot... cada uma delas é explicável por si mesma, mas, tomadas em conjunto, formam uma coincidência quase inacreditável, e todas dentro de um mês após a abertura da tumba! Pode ser mera superstição, pode ser alguma poderosa maldição do passado que opera por meios nem mesmo sonhados pela ciência moderna. Permanece o fato: três mortes. E estou com medo, monsieur Poirot, com um medo horrível! Talvez não tenha terminado ainda.

– Por quem a senhora teme?

– Por meu filho. Eu estava doente quando veio a notícia da morte do meu marido. Meu filho, que acabou de sair de Oxford, foi para lá. Ele trouxe o... o corpo de volta, mas agora viajou para lá de novo, apesar das minhas preces e súplicas. Está tão fascinado pelo trabalho que pretende assumir o lugar do pai e levar adiante o sistema das escavações. O senhor pode me julgar uma mulher tola e crédula, mas, monsieur Poirot, estou com medo. E se o espírito do rei morto ainda não estiver apaziguado? Talvez lhe pareça que estou dizendo disparates...

– Nem um pouco, Lady Willard – Poirot falou depressa. – Também acredito na força da superstição, uma das maiores forças que o mundo jamais conheceu.

Eu o encarei com surpresa. Nunca teria me passado pela cabeça que Poirot pudesse ser supersticioso. Mas o homenzinho estava obviamente falando sério.

– O que a senhora realmente pede é que eu proteja o seu filho? Farei o máximo possível para mantê-lo afastado de qualquer perigo.

– Sim, pelos meios comuns, mas o que fazer contra uma influência oculta?

– Em livros da Idade Média, Lady Willard, podemos encontrar muitas maneiras de neutralizar a magia negra. Talvez eles soubessem mais do que nós, modernos, com toda a nossa alardeada ciência. Agora passemos aos fatos, para que eu possa me orientar. Seu marido foi sempre um egiptólogo devotado, não?

– Sim, desde a juventude. Ele era uma das maiores autoridades vivas no assunto.

– Mas o sr. Bleibner, pelo que sei, era mais ou menos um amador...

– Ah, sem dúvida. Ele era um homem muito abastado, que se metia livremente em qualquer assunto que o seduzisse de alguma forma. Meu marido conseguiu deixá-lo interessado por egiptologia, e o dinheiro dele foi muito útil no financiamento da expedição.

– E o sobrinho? O que a senhora sabe sobre os gostos dele? Ele também chegou a participar da expedição?

– Acho que não. Na verdade, eu nem sabia de sua existência até ler sobre sua morte nos jornais. Não creio que pudesse ser íntimo do sr. Bleibner em qualquer medida. Ele nunca falou sobre ter algum parente.

– Quem são os outros membros do grupo?

– Bem, há o dr. Tosswill, um funcionário subalterno ligado ao Museu Britânico; o sr. Schneider, do Museu Metropolitan de Nova York; um jovem secretário americano; o dr. Ames, que acompanha a expedição por sua qualificação profissional; e Hassan, o devotado empregado nativo do meu marido.

– A senhora recorda o nome do secretário americano?

– Harper, creio eu, mas não posso afirmar com certeza. Só sei que estava com o sr. Bleibner não fazia muito tempo. Era um jovem muito agradável.

– Obrigado, Lady Willard.

– Se houver mais alguma coisa...

– De momento, nada. Deixe tudo em minhas mãos agora, e fique assegurada de que farei tudo que é humanamente possível para proteger o seu filho.

Não eram exatamente palavras tranquilizadoras, e observei Lady Willard estremecer quando ele as proferiu. Contudo, ao mesmo tempo, o fato de Poirot não ter ridicularizado seus temores pareceu representar um alívio para ela.

De minha parte, eu nunca antes suspeitara que Poirot tivesse um traço supersticioso tão profundo em sua personalidade. Questionei-o sobre esse assunto enquanto caminhávamos para casa. Sua postura foi séria e fervorosa.

– Mas sim, Hastings. Acredito nessas coisas. Você não deve subestimar a força da superstição.

– O que é que nós vamos fazer a respeito?

– *Toujours pratique**, o bom Hastings! *Eh bien*, para começar nós vamos escrever a Nova York pedindo maiores detalhes sobre a morte do jovem sr. Bleibner.

---

* "Sempre prático". (N.T.)

Ele mandou devidamente seu cabograma. A resposta foi satisfatória e precisa. O jovem Rupert Bleibner tinha andado com a água no pescoço por diversos anos. Havia sido um vagabundo de praia em diversas ilhas dos Mares do Sul, vivendo das remessas que recebia de casa, mas retornara há dois anos para Nova York, onde muito rapidamente afundara mais ainda. O aspecto mais significativo, no meu entender, era que ele recentemente conseguira tomar dinheiro emprestado em quantidade suficiente para ir ao Egito. "Tenho um bom amigo lá que pode me emprestar", ele declarara. Nisso, no entanto, seus planos haviam corrido mal. Ele retornara para Nova York praguejando contra seu tio avarento, que se importava mais com os ossos dos reis mortos e enterrados do que com o sangue do seu sangue. Foi durante sua estadia no Egito que ocorreu a morte de Sir John Willard. Rupert mergulhara de novo em sua vida dissipada em Nova York, e então, sem qualquer aviso, cometera suicídio, deixando uma carta que continha algumas frases curiosas. Parecia ter sido escrita num repentino acesso de remorso. Ele referia-se a si mesmo como um leproso e um pária, e terminava a carta declarando que tipos como ele eram melhores estando mortos.

Uma teoria sombria invadiu minha mente. Eu nunca acreditara realmente na vingança de um rei egípcio morto há séculos. Enxergava ali um crime mais moderno. Vamos supor que esse jovem tivesse decidido eliminar seu tio – de preferência usando veneno. Por engano, Sir John Willard recebeu a dose fatal. O jovem retorna para Nova York, assombrado por seu crime. A notícia da morte de seu tio chega ao seu conhecimento. Ele percebe o quanto seu crime tinha sido desnecessário e, acometido pelo remorso, tira sua própria vida.

Esbocei minha solução para Poirot. Ele ficou interessado.

– É engenhoso o que você pensou... sem dúvida nenhuma, é engenhoso. Pode até ser verdade. Mas você não leva em conta a influência fatal da tumba.

Encolhi os ombros.

– Você ainda acha que isso tem alguma relação?

– Acho tanto, *mon ami*, que amanhã nós partimos para o Egito.

– O quê? – exclamei, atônito.

– Foi o que eu disse.

Uma expressão de consciente heroísmo se espalhou pelo rosto de Poirot. Então ele gemeu.

– Mas, ah – lamentou –, o mar! O detestável mar!

Havia se passado uma semana. Sob nossos pés, tínhamos a areia dourada do deserto. O sol quente desabava por cima de nossas cabeças. Poirot, a imagem da desgraça, murchava ao meu lado. O homenzinho não era um bom viajante. Nossos quatro dias de viagem desde Marselha tinham sido uma longa agonia para ele. Quando pisara em terra em Alexandria, Poirot era um espectro de sua antiga personalidade – até seu costumeiro asseio o abandonara. Havíamos chegado ao Cairo e seguido de carro diretamente para o Mena House Hotel, bem à sombra das pirâmides.

O charme do Egito me fisgara. A Poirot, não. Vestido precisamente como se estivesse em Londres, ele carregava uma pequena escova de roupa em seu bolso e travava uma guerra incessante com a poeira que se acumulava em seu traje escuro.

– E as minhas botas – choramingou. – Repare nelas, Hastings. Minhas botas, de um belo couro envernizado, geralmente tão vistosas e brilhantes. Veja, a areia está dentro delas, o que é doloroso, e fora delas, o que ultraja o olhar. E o calor, que faz com que o meu bigode fique murcho... mas murcho!

– Veja a Esfinge – instei-o. – Até eu consigo sentir o mistério e o charme que ela exala.

Poirot olhou para ela com descontentamento.

– Ela não tem um ar feliz – declarou. – Como poderia, enterrada na areia dessa maneira desleixada. Ah, essa areia maldita!

– Ora essa, existe areia de sobra na Bélgica – lembrei-o, ciente de um feriado passado em Knocke-sur-Mer, no meio de "*les dunes impeccables*", como estava escrito no guia de viagem.

– Em Bruxelas, não – Poirot declarou.

Ele fitou as pirâmides, pensativo.

– É verdade que elas têm, pelo menos, um formato sólido e geométrico, mas a superfície é de uma irregularidade das mais desagradáveis. E as palmeiras, não gosto delas. Eles nem mesmo as plantam em filas!

Interrompi suas lamentações sugerindo que deveríamos partir para o acampamento. Iríamos nos deslocar em camelos, e os animais estavam pacientemente ajoelhados, esperando que nós os montássemos, cuidados por vários meninos pitorescos chefiados por um dragomano loquaz.

Descrevo por alto o espetáculo de Poirot montado num camelo. Ele começou com gemidos e lamentações e terminou com gritos, gesticulações e invocações à Virgem Maria e a todos os santos do calendário. No final, desceu ignominiosamente e completou a viagem num jumento diminuto. Devo admitir que um camelo trotando não é brincadeira para um amador. Fiquei rígido por vários dias.

Por fim nos aproximamos da cena das escavações. Veio nos receber um homem bronzeado com barba grisalha, usando roupas brancas e um capacete.

– Monsieur Poirot e capitão Hastings? Recebemos o seu cabograma. Lamento que não houvesse ninguém para recebê-los no Cairo. Tivemos um imprevisto que desorganizou completamente os nossos planos.

Poirot empalideceu. Sua mão, que havia rastejado até a escova de roupa, suspendeu o percurso.

– Não foi outra morte? – ele ofegou.

– Foi.

– Sir Guy Willard? – exclamei.

– Não, capitão Hastings. Meu colega americano, o sr. Schneider.

– E a causa? – Poirot indagou.

– Tétano.

Fiquei branco. Ao meu redor eu parecia sentir uma atmosfera maligna, sutil e ameaçadora. Um pensamento horrível pulsou na minha mente. E se fôssemos os próximos?

– *Mon Dieu* – Poirot falou numa voz muito baixa –, não entendo isso. É horrível. Diga-me, monsieur, não há dúvida de que foi tétano?

– Creio que não. Mas o dr. Ames poderá lhe dizer mais do que eu.

– Ah, claro, o senhor não é o médico.

– Meu nome é Tosswill.

Aquele, então, era o especialista britânico descrito por Lady Willard como sendo um funcionário subalterno do Museu Britânico. Havia nele algo ao mesmo tempo grave e inabalável que caiu no meu gosto.

– Se puderem vir comigo – continuou o dr. Tosswill –, vou levá-los ao encontro de Sir Guy Willard. Ele ansiava por ser informado assim que vocês chegassem.

Fomos levados a uma grande barraca em outro ponto do acampamento. O dr. Tosswill levantou a aba e nós entramos. Três homens estavam sentados ali dentro.

– Monsieur Poirot e o capitão Hastings chegaram, Sir Guy – Tosswill disse.

O mais jovem dos três homens saltou de pé e veio nos cumprimentar. Havia certa impulsividade em seus modos que me fez recordar sua mãe. Ele não era nem de longe tão bronzeado quanto os outros, e esse fato, combinado com certo aspecto abatido em volta dos olhos, fazia-o parecer mais velho do que seus 22 anos. Ele estava claramente se esforçando para suportar uma severa tensão mental.

Apresentou-me a seus dois companheiros: o dr. Ames, um homem de aparência competente com trinta e poucos anos e um toque de cabelo grisalho nas têmporas, e o sr. Harper, o secretário, um simpático jovem magro usando a insígnia nacional dos óculos de aros grossos.

Após alguns minutos de conversa inconstante, este último saiu, seguido pelo dr. Tosswill. Fomos deixados sozinhos com Sir Guy e o dr. Ames.

– Por favor, pergunte o que quiser, monsieur Poirot – disse Willard. – Estamos totalmente estupefatos com essa estranha série de desastres, mas não é... não pode ser nada além de coincidência.

Havia um nervosismo em sua postura que desmentia as palavras. Percebi que Poirot o analisava com atenção.

– Esse trabalho é realmente vital para o senhor, Sir Guy?

– Sem dúvida. Não importa o que acontecer, ou qual seja o resultado, o trabalho vai prosseguir. Tenha isso em mente.

Poirot virou o corpo para se dirigir ao outro.

– O que tem o senhor a dizer quanto a isso, *monsieur le docteur*?

– Bem – falou devagar o outro –, eu defendo que não devemos desistir.

Poirot exibiu uma de suas caretas expressivas.

– Então, *évidemment*, precisamos descobrir em que pé estamos. Quando se deu a morte do sr. Schneider?

– Três dias atrás.

– O senhor tem certeza de que foi tétano?

– Certeza total.

– Não poderia ter sido um caso de envenenamento por estricnina, por exemplo?

– Não, monsieur Poirot. Entendo aonde o senhor quer chegar. Mas foi um caso muito claro de tétano.

– O senhor não injetou nenhum antissoro?

– Certamente nós injetamos – o doutor respondeu com secura. – Fizemos todas as tentativas concebíveis.

– O senhor tinha o antissoro consigo?

– Não. Ele nos foi trazido do Cairo.

– Ocorreram quaisquer outros casos de tétano no acampamento?

– Não, nenhum.

– Tem certeza de que a morte do sr. Bleibner não se deveu a tétano?

– A mais absoluta certeza. Ele teve um arranhão no polegar que ficou infeccionado, e a septicemia se instalou. Parece praticamente a mesma coisa para um leigo, ouso dizer, mas as duas são completamente diferentes.

– Então nós temos quatro mortes... todas totalmente diferentes: uma por parada cardíaca, uma por septicemia, uma por suicídio e uma por tétano.

– Exato, monsieur Poirot.

– Tem certeza de que não há nada que possa ligar as quatro?

– Não sei se o entendo direito...

– Vou falar com clareza. Por acaso algum ato cometido por aqueles quatro homens poderia parecer indicar um desrespeito ao espírito de Men-her-Ra?

O médico fitou Poirot com espanto.

– O senhor não sabe o que está dizendo, monsieur Poirot. Certamente não foi convencido a crer em toda essa conversa furada...

– Disparate absoluto – Willard murmurou com irritação.

Poirot permaneceu placidamente imóvel, piscando seus olhos verdes de gato.

– Então não acredita nisso, *monsieur le docteur*?

– Não, senhor, não acredito – o médico declarou enfaticamente. – Eu sou um homem científico e só acredito naquilo que a ciência prega.

– Não havia ciência naquela época, no Egito Antigo? – Poirot perguntou num tom suave.

Ele não esperou por uma resposta, e, de fato, o dr. Ames parecia bastante perdido naquele momento.

– Não, não, não me responda, mas me diga o seguinte: o que pensam os trabalhadores nativos?

– Acho – disse o dr. Ames – que, quando os brancos perdem a cabeça, os nativos não costumam ficar muito atrás. Admito que estão ficando assustados, como se poderia definir, mas não têm motivo para ficar.

– Será? – Poirot perguntou, evasivo.

Sir Guy se inclinou à frente.

– Com toda certeza – ele exclamou, incrédulo –, o senhor não pode acreditar em... ah, mas o negócio é absurdo! Se pensa assim, o senhor não pode saber nada de Egito Antigo.

Em resposta, Poirot tirou um livrinho do bolso – um volume antigo e esfarrapado. Enquanto o mostrava, vi o título, *A magia dos egípcios e caldeus*. Então, girando o corpo, ele saiu da barraca. O médico ficou olhando para mim.

– Qual é a ideiazinha dele?

A expressão, tão familiar nos lábios de Poirot, me fez sorrir vindo de outra pessoa.

– Não sei ao certo – confessei. – Ele está tramando algum plano de exorcizar os espíritos malignos, acredito.

Saí em busca de Poirot e o encontrei conversando com o jovem de rosto magro que havia sido secretário do falecido sr. Bleibner.

– Não – dizia o sr. Harper –, só fiquei seis meses com a expedição. Sim, eu conhecia muito bem os negócios do sr. Bleibner.

– O senhor poderia me contar alguma coisa em relação ao sobrinho?

– Ele apareceu aqui, certo dia, não era um sujeito de mau aspecto. Eu nunca o vira antes, mas alguns dos outros já o conheciam... Ames, eu acho, e Schneider. O velho não ficou nem um pouco contente de vê-lo. Os dois começaram a brigar na mesma hora, em alto e bom som. "Nem um centavo", o velho gritou. "Nem um único centavo agora ou quando eu morrer. Pretendo deixar o meu dinheiro para o prosseguimento do trabalho da minha vida. Estive conversando com o sr.

Schneider hoje a respeito disso." E um pouco mais na mesma linha. O jovem Bleibner disparou para o Cairo sem demora.

– Ele estava em perfeito estado de saúde naquele momento?

– O velho?

– Não, o jovem.

– Acredito que ele mencionou sentir algo de errado. Mas não poderia ter sido nada de grave, ou eu teria me lembrado.

– Mais uma coisa: o sr. Bleibner deixou um testamento?

– Até onde sabemos, não deixou.

– Vai permanecer com a expedição, sr. Harper?

– Não, senhor, não vou. Vou rumar para Nova York assim que conseguir organizar as coisas por aqui. Pode rir se quiser, mas não vou ser a próxima vítima desse maldito Men-her-Ra. Ele vai me pegar se eu ficar parado aqui.

O jovem limpou o suor da testa.

Poirot se afastou. Por cima do ombro, falou com um sorriso peculiar:

– Lembre-se, ele pegou uma de suas vítimas em Nova York.

– Ah, inferno! – o sr. Harper exclamou impetuosamente.

– Esse jovem está nervoso – Poirot falou, pensativo. – Ele está no limite, absolutamente no limite.

Olhei para Poirot com curiosidade, mas seu sorriso enigmático não me disse nada. Em companhia de Sir Guy Willard e do dr. Tosswill, fomos conduzidos numa volta pelas escavações. Os principais achados haviam sido removidos para o Cairo, mas parte da mobília da tumba era extremamente interessante. O entusiasmo do jovem baronete era óbvio, mas imaginei detectar um traço de nervosismo em seus modos, como se ele não conseguisse escapar por completo da sensação de ameaça no ar. Quando entramos na barraca que havia sido designada para nós, para nos lavarmos antes da refeição da noite, uma figura alta e escura, em vestes brancas, ficou de lado para nos deixar passar com um gesto gracioso e uma saudação murmurada em árabe. Poirot parou.

– O senhor é Hassan, empregado do falecido Sir John Willard?

– Servi meu lorde Sir John, agora sirvo seu filho – ele deu um passo na nossa direção e baixou a voz. – O senhor é um homem sábio, segundo dizem, experiente em lidar com espíritos malignos. Permita que o jovem patrão parta daqui. O mal está no ar à nossa volta.

E, com um gesto brusco, sem esperar por uma resposta, ele se afastou.

– Mal no ar – Poirot murmurou. – Sim, eu sinto isso.

Nossa refeição dificilmente poderia ser chamada de animada. A palavra foi concedida ao dr. Tosswill, que discorreu longamente sobre antiguidades egípcias. Bem quando estávamos nos preparando para sair e descansar, Sir Guy pegou Poirot pelo braço e apontou. Uma figura obscura estava se deslocando em meio às barracas. Não era uma figura humana: eu a reconheci nitidamente como o desenho com cabeça de cão que havia visto entalhado nas paredes da tumba.

Meu sangue literalmente congelou com a visão.

– *Mon Dieu!* – Poirot murmurou, fazendo um vigoroso sinal da cruz. – Anúbis, o cabeça de chacal, o deus das almas que partem.

– Alguém está nos pregando uma peça – exclamou o dr. Tosswill, botando-se de pé, indignado.

– Ele entrou na sua barraca, Harper – Sir Guy balbuciou com o rosto pavorosamente branco.

– Não – disse Poirot, balançando a cabeça –, na barraca do dr. Ames.

O médico ficou olhando para ele, incrédulo. Em seguida, repetindo as palavras do dr. Tosswill, exclamou:

– Alguém está nos pregando uma peça. Venham, logo vamos pegar esse sujeito.

Ele disparou com grande energia em busca da aparição obscura. Eu o segui, mas, por mais que procurássemos, não conseguimos encontrar nenhum vestígio de qualquer alma viva que pudesse ter passado por ali. Voltamos, com nossos pensamentos um pouco perturbados, e encontramos Poirot tomando medidas enérgicas, a seu próprio modo, para garantir sua segurança pessoal. Ele estava ocupado cercando nossa barraca com vários diagramas e inscrições que desenhava na areia. Reconheci, várias vezes repetida, a estrela de cinco pontas ou pentagonal. Como era seu hábito, Poirot proferia ao mesmo tempo uma aula improvisada sobre bruxaria e magia em geral. Magia branca em oposição à negra, com várias referências a Ka e ao Livro dos Mortos inseridas aqui e ali.

A palestra pareceu instigar o mais vívido desprezo no dr. Tosswill, que me chamou de lado, literalmente bufando de raiva.

– Bobagem, senhor – ele exclamou, irritado. – Bobagem pura. O homem é um impostor. Ele não sabe a diferença entre as superstições da Idade Média e as crenças do Egito Antigo. Nunca ouvi tamanha mixórdia de ignorância e credulidade.

Acalmei o especialista acalorado e me juntei a Poirot na barraca. Meu amiguinho estava radiante de alegria.

– Agora podemos dormir em paz – ele declarou, feliz. – E um pouco de sono vai me cair bem. Minha cabeça dói abominavelmente. Ah, uma boa tisana!

Como que em resposta a uma oração, a aba da barraca foi levantada e Hassan apareceu, trazendo uma xícara fumegante que ofereceu para Poirot. O conteúdo revelou ser chá de camomila, uma bebida pela qual meu amigo tem um apreço extraordinário. Tendo agradecido a Hassan e recusado sua oferta de outra xícara para mim, ficamos sozinhos mais uma vez. Fiquei junto à porta da barraca por algum tempo depois de me despir, olhando para o deserto lá fora.

– Um lugar maravilhoso – falei em voz alta –, e um trabalho maravilhoso. Posso sentir o fascínio. Esta vida no deserto, esta sondagem do coração de uma civilização desaparecida. Por certo, Poirot, você também sente o encanto!

Não obtive resposta e me virei, um pouco aborrecido. Meu aborrecimento foi rapidamente transformado em preocupação.

Poirot estava deitado ao longo do sofá tosco, com o rosto terrivelmente convulsionado. Ao lado dele via-se a xícara vazia. Corri para junto dele; então saí em disparada, atravessando o acampamento até a barraca do dr. Ames.

– Dr. Ames! – exclamei. – Venha o quanto antes.

– Qual é o problema? – perguntou o médico, aparecendo de pijama.

– Meu amigo. Ele está mal. Morrendo. O chá de camomila. Não permita que Hassan saia do acampamento.

Como um raio, o médico correu até a nossa barraca. Poirot estava deitado tal qual eu o deixara.

– Extraordinário – Ames exclamou. – Parece uma convulsão... ou... o que foi que o senhor disse sobre algo que ele bebeu?

Ele pegou a xícara vazia.

– Só que eu não bebi! – disse uma voz plácida.

Nós nos viramos com espanto. Poirot estava sentado na cama. Sorria.

– Não – ele falou com voz suave. – Eu não bebi o líquido. Enquanto meu bom amigo Hastings ficou apostrofando a noite, aproveitei a oportunidade para derramá-lo, não pela minha garganta abaixo, mas num pequeno frasco. Esse pequeno frasco será encaminhado para o analista químico. Não – (quando o médico fez um movimento brusco) –, como um homem sensato, o senhor vai entender que a violência não terá nenhum proveito. Durante a breve ausência de Hastings para buscá-lo, tive tempo para guardar o frasco num lugar seguro. Ah, ligeiro, Hastings, segure-o!

Interpretei mal a ansiedade de Poirot. Ávido por salvar meu amigo, joguei-me na frente dele. Mas o movimento ágil do médico tinha outro significado. Sua mão foi até sua boca, um cheiro de amêndoas amargas encheu o ar, ele balançou à frente e caiu.

– Outra vítima – Poirot disse com gravidade –, mas a última. Talvez seja melhor assim. Ele tem três mortes na cabeça.

– O dr. Ames? – exclamei, estupefato. – Mas achei que você acreditava em alguma influência oculta!

– Você me entendeu mal, Hastings. O que eu quis dizer foi que acredito na formidável força da superstição. Tendo estabelecido com firmeza que uma série de mortes é sobrenatural, você quase pode esfaquear um homem em plena luz do dia que isso ainda vai ser atribuído à maldição, tão fortemente o instinto do sobrenatural foi implantado na raça humana. Suspeitei desde o princípio que um homem estava tirando vantagem desse instinto. A ideia lhe ocorreu, imagino, com a morte de Sir John Willard. A fúria da superstição surgiu de pronto. Até onde eu conseguia ver, ninguém podia obter qualquer lucro em particular com a morte de Sir John. O sr. Bleibner era um caso diferente. Ele era um homem de grande riqueza. A informação que recebi de Nova York continha vários pontos sugestivos. Para começar, relatava-se que o jovem Bleibner afirmara ter um bom amigo no Egito de quem poderia tomar dinheiro emprestado. Ficava tacitamente entendido que ele se referia a seu tio, mas me pareceu que, nesse caso, o jovem teria dito isso sem rodeios. As palavras sugeriam algum camarada benfeitor. Outra coisa: ele amealhou dinheiro suficiente para ir ao Egito, seu tio se recusou de modo categórico a lhe arranjar sequer um centavo, e contudo ele teve condições de pagar a passagem de volta para Nova York. Alguém deve ter lhe emprestado esse dinheiro.

– Tudo isso ainda era muito tênue – objetei.

– Mas havia mais. Hastings, ocorre com bastante frequência que palavras ditas metaforicamente são tomadas literalmente. O oposto também pode acontecer. Nesse caso, palavras cuja intenção era literal foram tomadas metaforicamente. O jovem Bleibner escreveu com bastante clareza: "Eu sou um leproso"; mas ninguém se deu conta de que ele se matou porque acreditava ter contraído a medonha doença da lepra.

– O quê? – exclamei.

– Foi a invenção astuciosa de uma mente diabólica. O jovem Bleibner estava sofrendo de algum problema de pele insignificante, havia vivido nas ilhas dos Mares do Sul, onde a doença é bastante comum. Ames era um velho amigo seu, e um médico muito conhecido, ele nunca teria sequer sonhado em duvidar de sua palavra. Quando cheguei aqui, minhas suspeitas ficaram divididas entre Harper e o dr. Ames, mas logo percebi que apenas o médico poderia ter perpetrado e escondido os crimes, e eu soube através de Harper que ele já conhecia o jovem Bleibner. Sem dúvida este último, em algum momento, fizera um testamento ou havia segurado sua vida em favor do médico. Este vislumbrou sua chance de ficar rico. Foi fácil, para ele, inocular no sr. Bleibner os germes mortais. Então o sobrinho, tomado de desespero com a notícia medonha que seu amigo havia lhe transmitido, matou-se. O sr. Bleibner, quaisquer que fossem suas intenções, não fizera nenhum testamento. Sua fortuna passaria para seu sobrinho, e deste para o médico.

– E o sr. Schneider?

– Não podemos ter certeza. Ele conhecia o jovem Bleibner também, lembre-se, e poderia ter suspeitado de algo, ou, mais uma vez, o médico poderia ter pensado que outra morte sem motivo e sem propósito iria reforçar a espiral de superstição. Além disso, vou lhe contar um fato psicológico interessante, Hastings. Um assassino sente sempre um forte desejo de repetir seu crime bem-sucedido; o desempenho lhe sobe à cabeça. Daí os meus temores em relação ao jovem Willard. A figura de Anúbis que você viu hoje era Hassan, vestido segundo minhas ordens. Eu queria ver se conseguiria assustar o médico. Mas seria preciso mais do que o sobrenatural para assustá-lo. Constatei que ele não se deixava convencer de todo por meu fingimento de crença no ocultismo. A comediazinha que interpretei para ele não o convenceu. Suspeitei que ele tentaria fazer de mim a próxima vítima. Ah, mas apesar de *la mer maudite*, do calor abominável e dos aborrecimentos da areia, as pequenas células cinzentas ainda funcionavam!

Poirot provou estar perfeitamente correto em suas premissas. O jovem Bleibner, alguns anos antes, num acesso de folia bêbada, fizera um testamento jocoso, deixando "a minha cigarreira que você admira tanto e tudo mais que eu possuir quando morrer, ou seja, principalmente dívidas, ao meu bom amigo Robert Ames, que certa vez salvou a minha vida de um afogamento".

O caso foi abafado na medida do possível, e até hoje as pessoas comentam sobre a extraordinária série de mortes relacionadas à tumba de Men-her-Ra como uma prova triunfal da vingança de um rei antigo contra os profanadores de sua tumba – uma crença que, como Poirot salientou para mim, contraria todas as crenças e ideias egípcias.

A MALDIÇÃO DOS LEMESURIER

"The Lemesurier Inheritance" foi publicado pela primeira vez em *The Magpie* no Natal de 1923.

I

Acompanhei Poirot na investigação de muitos casos estranhos, mas nenhum deles se compara àquela série de eventos extraordinários com que nos ocupamos por vários anos, e que culminou no caso apresentado a Poirot. A história da família Lemesurier chamou a nossa atenção, pela primeira vez, numa noite durante a guerra. Fazia pouco tempo que Poirot e eu estávamos morando juntos, relembrando os velhos tempos da nossa amizade na Bélgica. Ele acabara de prestar serviço para o Ministério da Defesa, que lhes deixara inteiramente satisfeitos, e jantávamos no Carlton com um militar do alto escalão, que dispensava a Poirot os maiores elogios entre a chegada de um e outro prato. O militar teve de deixar a mesa apressado, por causa de outro compromisso, e nós terminamos o nosso café descansados antes de também nos retirarmos.

Quando estávamos saindo do restaurante, fui chamado por uma voz que me pareceu familiar.

Ao me virar, avistei o capitão Vincent Lemesurier, um jovem que eu conhecera na França. Ele estava acompanhado de um homem mais velho, que parecia ser algum parente, tal era a semelhança entre os dois. E era isso mesmo; o homem foi apresentado a nós como o sr. Hugo Lemesurier, tio do meu jovem amigo.

Eu não era muito próximo do capitão Lemesurier, mas ele era um jovem simpático, atraente e que deixava os outros à vontade. E lembrava-me de ter ouvido falar que ele pertencia a uma família importante, que possuía uma propriedade em Northumberland datada de antes da Reforma. Poirot e eu não estávamos com pressa e aceitamos o convite do jovem para sentar à mesa com eles. Conversamos sobre os mais diversos assuntos. O tio era um homem de cerca de quarenta anos, cujos ombros encurvados davam a ele um aspecto de acadêmico. Naquele momento ele estava trabalhando para o governo em projetos de desenvolvimento na área da química.

Nossa conversa foi interrompida por um jovem alto, de cabelos negros, que parecia um tanto agitado.

– Ainda bem que os encontrei! – exclamou o rapaz.

– O que aconteceu, Roger?

– O chefe, Vincent. Teve uma queda terrível!

O resto não pudemos ouvir, pois ele puxou os outros para um canto.

Em seguida, eles se despediram de nós. Ao tentar montar um cavalo que ainda não estava domado, o pai de Vincent Lemesurier sofrera um acidente sério e provavelmente não passaria da manhã seguinte. Vincent havia ficado pálido e parecia completamente abalado com a notícia. De certa forma fiquei surpreso. Das poucas palavras que ele deixara escapar sobre o pai na França, pude concluir que os dois não se davam bem. A súbita demonstração de amor pelo pai me deixou perplexo.

O rapaz de cabelos escuros, que nos apresentaram como um primo, o sr. Roger Lemesurier, foi deixado para trás, e saímos do restaurante com ele.

– É um fato estranho – comentou o rapaz. – Talvez ele possa interessar ao sr. Poirot. Higginson falou muito bem do senhor (Higginson era o nosso amigo militar). Ele disse que o senhor é um excelente psicólogo...

– Sim, eu estudo psicologia – disse Poirot, cauteloso.

– O senhor viu a cara do meu primo? A notícia foi um verdadeiro choque para ele. E o senhor sabe por quê? Existe uma maldição na família! Quer que lhe conte?

– Seria mesmo muita gentileza sua.

Roger Lemesurier consultou o relógio.

– Tenho tempo. Devo me encontrar com eles mais tarde na estação King's Cross... Bem, sr. Poirot, a família Lemesurier é muito antiga, e a história que vou lhe contar passa-se ainda na Idade Média. Naquela época, um Lemesurier começou a desconfiar da esposa. Ele a surpreendeu numa situação constrangedora. Ela jurou inocência, mas o Barão Hugo não lhe deu ouvidos. Ele renegou o filho que ela tinha lhe dado e jurou que não deixaria nada de herança para a criança. Não lembro exatamente o que foi que ele fez. Alguma dessas excentricidades medievais, como emparedar vivos a mãe e a criança. Seja como for, ele os matou, e ela morreu alegando inocência e amaldiçoando a família Lemesurier para sempre. Nenhum primogênito de um Lemesurier herdaria nada do pai, essa foi a maldição. Bem, o tempo passou e a inocência da mulher foi comprovada para além de qualquer dúvida. Hugo passou o resto da vida fazendo penitência e morreu isolado num mosteiro. O curioso é que desde então nenhum primogênito tomou posse da propriedade. Ela acabou na mão de irmãos, sobrinhos, de outros filhos, mas nunca de um primogênito. O pai de Vincent era o segundo de cinco filhos, o primogênito morreu quando criança. Durante a guerra, Vincent achava que, se alguém estava predestinado a morrer, esse alguém era ele. No entanto, ele saiu da guerra ileso, enquanto seus dois irmãos mais novos foram mortos.

– Uma história interessante – disse Poirot, pensativo. – Mas agora o pai dele está morrendo, e ele, como primogênito, deve herdar a propriedade?

– Exatamente. A maldição caiu por terra. Não aguentou a força dos tempos modernos.

Poirot sacudiu negativamente a cabeça, como se lamentasse o tom leviano do rapaz. Roger Lemesurier olhou novamente para o relógio e disse que precisava ir.

A história continuou no dia seguinte, quando ficamos sabendo da trágica morte do capitão Vincent Lemesurier. Ele estava viajando para o norte num trem postal escocês e, no meio da noite, teria aberto a porta do vagão e se atirado para fora. Acreditava-se que o choque causado pelo acidente do pai, somado às neuroses de guerra, teria provocado um transtorno temporário. A misteriosa lenda que assombrava a família Lemesurier foi mencionada com relação ao novo herdeiro, o irmão do seu pai, Ronald Lemesurier, cujo filho único tinha morrido na Batalha do Some.

Parece que o encontro casual com o jovem Vincent na noite anterior à sua morte aguçou nosso interesse por tudo o que dissesse respeito à família Lemesurier. Dois anos depois, não ficamos indiferentes à morte de Ronald Lemesurier, que já tomara posse da propriedade da família numa situação de invalidez. Ele foi sucedido pelo irmão John, um homem alegre e saudável que tinha um filho estudando no Eton College.

O destino da família Lemesurier parecia mesmo guiado por alguma maldição. No feriado seguinte à sucessão, o menino morreu em consequência de um tiro que desferiu em si mesmo por acidente. A morte do seu pai, que ocorreu de forma inesperada em decorrência da picada de uma vespa, fez a propriedade passar para as mãos do irmão mais jovem dos cinco, Hugo, aquele que havíamos conhecido no Carlton, na noite fatídica em que eu reencontrara Vincent.

Até então apenas comentávamos sobre a série inacreditável de desgraças que tinham acometido a família Lemesurier, sem que tivéssemos nos envolvido pessoalmente no assunto. Mas logo iríamos assumir um papel ativo no caso.

II

Certa manhã, a sra. Lemesurier foi anunciada. Era uma mulher alta, desinibida, com cerca de trinta anos. Tinha os gestos decididos de uma mulher prática e falava com um leve sotaque americano.

– Sr. Poirot? É um prazer conhecê-lo. Meu marido, Hugo Lemesurier, teve a oportunidade de encontrá-lo alguns anos atrás, mas o senhor não deve se lembrar.

– Lembro perfeitamente, madame. Foi no Carlton.

– Ah, é muita gentileza sua. Sr. Poirot, estou muito preocupada.

– Com o que, madame?

– Com meu filho mais velho. Tenho dois filhos. Ronald tem oito anos, e Gerald, seis.

– Prossiga, madame. Aconteceu alguma coisa com o pequeno Ronald?

– Sr. Poirot, durante os últimos seis meses, em três ocasiões, ele escapou da morte por pouco: quando fomos a Cornwall, no verão, ele quase se afogou; depois ele caiu da janela do quarto e, por fim, passou muito mal por causa de uma comida estragada.

A expressão do rosto de Poirot devia ter traído o que ele estava pensando, pois a sra. Lemesurier imediatamente acrescentou:

– Sei que pareço estar agindo como uma tola e fazendo tempestade em copo d'água...

– De forma alguma, madame. É normal que coisas assim deixem uma mãe preocupada, mas não sei como eu poderia ajudá-la. Quem controla as ondas é *le bon Dieu*. Sugiro que coloquem grades na janela do quarto. E quanto à comida, que cuidados seriam mais efetivos do que aqueles de uma mãe?

– Mas por que tais coisas acontecem com Ronald e não com Gerald?

– *Le hasard*, madame. Obras do acaso!

– O senhor acha?

– Qual é a opinião da senhora e do seu marido?

Uma sombra passou pelo rosto da sra. Lemesurier.

– É inútil conversar com Hugo sobre isso, ele não me dá ouvidos. Talvez o senhor tenha lido a respeito da maldição que ronda nossa família: nenhum primogênito pode herdar a propriedade dos Lemesurier em Northumberland. Hugo é muito supersticioso e está enrolado nessa história até o pescoço. Quando eu o procuro para falar dos meus medos, ele diz que não há o que fazer, que é impossível escapar ao destino. Mas eu venho dos Estados Unidos, sr. Poirot, e lá não damos crédito a essas maldições. Para nós elas apenas aumentam o charme de uma família tradicional, dão a ela uma espécie de *cachet*, o senhor entende? Eu fazia parte de uma pequena trupe de atores de comédias musicais quando Hugo me conheceu e fiquei encantada com o apelo dramático dessa lenda familiar. É o tipo de história que gostamos de ouvir numa noite de inverno ao redor da lareira, mas quando começa a afetar a vida dos nossos próprios filhos... Eu gosto muito dos meus filhos, sr. Poirot. Faço qualquer coisa por eles.

– A senhora não acredita na maldição?

– Maldições usam serrotes?

– O que quer dizer com isso, madame? – perguntou Poirot, atônito.

– Eu disse que uma maldição, ou um fantasma, se o senhor prefere, não usa serrote. Não estou me referindo a Cornwall. Qualquer garoto pode se exceder e acabar em dificuldades, embora Ronald saiba nadar desde os quatro anos. Mas com a hera foi diferente. Os meninos são muito desobedientes. Descobriram que podiam entrar e sair da casa escalando a hera da parede. Estavam sempre fazendo isso. Um dia em que Gerald estava ausente, Ronald, como tinha de ser, foi descer do quarto pela janela, a hera cedeu e ele despencou. Por sorte, não chegou a se machucar muito. Mas eu fui até lá e examinei a hera: ela estava cortada, sr. Poirot, tinham serrado os galhos!

– O que a senhora está nos contando é muito sério, madame. A senhora disse que o seu filho mais novo estava fora naquele dia?

– Sim.

– E quando Ronald passou mal por causa da comida?

– Os dois estavam lá.

– Curioso... – murmurou Poirot. – Quem são os empregados que trabalham na casa?

– A srta. Saunders, governanta responsável pelas crianças, e John Gardiner, o secretário do meu marido...

A sra. Lemesurier fez uma pausa, um pouco constrangida.

– Quem mais, madame?

– O comandante Roger Lemesurier, que o senhor conheceu também naquela noite, eu acredito. Ele estava ficando conosco por um tempo.

– Ah, sim... Ele é um primo, não?

– Um primo distante. Ele pertence a outro ramo da família. Ainda assim, acho que é o parente mais próximo do meu marido. É um bom rapaz. Gostamos muito dele. As crianças o adoram.

– Não foi ele quem lhes ensinou a escalar a hera?

– Pode ser. Ele incentiva as traquinagens deles além do necessário.

– Madame, peço desculpas pelo meu comentário anterior. O perigo é real, e acredito que eu possa ser útil. Proponho que convide nós dois para passar um tempo com vocês. O seu marido estaria de acordo?

– Sim, claro. Apesar de que para ele nada que se faça pode ser útil. O fato de ele agir como se estivesse conformado com a morte do menino me deixa fora de mim.

– Acalme-se, madame. Temos de agir passo a passo.

III

Tomamos todas as providências necessárias para a viagem, e partimos para o norte no dia seguinte. Poirot emergiu de repente do devaneio em que estava absorto.

– Foi de um trem como este que Vincent Lemesurier caiu? – ele perguntou, acentuando de forma especial a palavra "caiu".

– Você suspeita de alguma coisa? – perguntei, espantado.

– Você não percebeu, Hastings, que algumas das mortes dessa família poderiam ter sido, digamos... planejadas? A de Vincent, por exemplo. A do garoto do Eton College. Um acidente com arma é sempre ambíguo. E que morte poderia parecer mais acidental e fora de suspeita do que a de uma criança desabando da janela do quarto? Mas por que algo assim acontece apenas com um dos filhos? Quem se beneficia com a morte do mais velho? O seu irmão mais jovem, uma criança de sete anos! É absurdo...

– Eles podem acabar com o outro mais tarde – sugeri, mas sem saber direito quem *eles* seriam.

Poirot sacudiu a cabeça negativamente, insatisfeito.

– Comida estragada... – refletiu ele. – Atropina produziria sintomas semelhantes. Sim, o caso precisa mesmo ser investigado.

A sra. Lemesurier nos recebeu calorosamente. Ela nos levou até o escritório do marido, com quem nos deixou-nos a sós. Ele tinha mudado muito desde o nosso último encontro. Os ombros estavam mais encurvados do que nunca, e a tez tinha uma cor estranha, acinzentada. Ele escutou calmamente as explicações de Poirot quanto à necessidade da nossa presença na casa.

– Minha mulher é mesmo muito prática! – disse ele, por fim. – Faço questão de que fiquem, sr. Poirot, e agradeço que tenham vindo. Mas o que está escrito está escrito. O caminho dos pecadores é árduo. Os Lemesuriers sabem disso. Nenhum de nós escapa ao destino.

Poirot mencionou que a hera havia sido cortada, mas Hugo pareceu não lhe dar atenção.

– Sem dúvida, um jardineiro descuidado. Sim, pode haver um instrumento, mas a serviço de um fim. E vou lhe dizer, sr. Poirot, esse fim não poderá ser adiado por muito tempo.

Poirot olhou atentamente para ele.

– E por que o senhor acha isso?

– Porque eu mesmo estou com os dias contados. Fui ao médico ano passado. Tenho uma doença incurável, que em breve vai me levar à morte. Mas, antes de eu morrer, Ronald será tirado de nós. Gerald vai herdar a propriedade.

– E se algo acontecer com o seu segundo filho?

– Nada vai acontecer com ele. Ele não corre perigo.

– Mas e se acontecer? – insistiu Poirot.

– Meu primo Roger é o próximo herdeiro.

Fomos interrompidos. Um homem alto, bonito, de cabelos ruivos encaracolados, entrou na sala com um maço de papéis.

– Não se preocupe com isso agora, Gardiner – disse Hugo Lemesurier. – O sr. Gardiner é meu secretário – acrescentou ele, para nós.

O secretário nos cumprimentou com uma leve inclinação de cabeça, disse algumas palavras gentis e foi embora. Apesar da sua bela aparência, havia algo de repelente naquele homem. Foi o que eu disse a Poirot logo em seguida, quando dávamos uma volta pelos belíssimos jardins. Para minha surpresa, ele concordou comigo.

– Sim, Hastings, você está certo. Eu não gosto dele. É bonito demais. Dá a impressão de alguém sempre disposto a um trabalho fácil. Ah! Ali estão as crianças.

A sra. Lemesurier caminhava na nossa direção, com os filhos, um de cada lado. Eram belos meninos, o mais jovem, moreno como a mãe, o mais velho, de cabelos ruivos encaracolados. Depois de um aperto de mão, não demorou muito para que fizessem amizade com Poirot. Em seguida, fomos apresentados à última pessoa do grupo, a srta. Saunders, uma mulher completamente sem graça.

IV

Por alguns dias, nossa estadia decorreu tranquila. Estávamos sempre atentos, mas nada fora do comum aconteceu. Os garotos levavam uma vida normal, despreocupada. No quarto dia depois da nossa chegada, o major Roger Lemesurier apareceu para passar um tempo com a família. Mesmo mudado, ele conservava o antigo ar elegante e despreocupado, o mesmo hábito de não levar nada muito a sério. Roger era evidentemente o preferido dos meninos, que comemoraram a sua chegada dando gritos de alegria e imediatamente o arrastaram para brincar de mocinho e bandido pelo jardim. Pude observar que Poirot os seguia discretamente.

V

No dia seguinte, a família foi toda convidada, incluindo os garotos, para o chá na casa de lady Claygate, uma vizinha dos Lemesuriers. A sra. Lemesurier sugeriu que os acompanhássemos, e fiquei aliviado quando Poirot declarou que preferiria permanecer em casa.

Assim que todos partiram, Poirot começou a trabalhar. Ele parecia um cão farejador. Acredito que ele tenha investigado todos os cantos da casa, mas de forma tão metódica e silenciosa que nenhum dos empregados prestou atenção aos seus movimentos. No final, ele continuava insatisfeito. Tomamos chá no terraço com a srta. Saunders, que não fora incluída entre os convidados.

– Será uma diversão para os meninos – murmurou ela na sua voz apagada. – Espero que não destruam os canteiros nem cheguem perto das abelhas...

Poirot deteve-se por um momento, segurando a xícara a meio caminho da boca. Ele parecia ter visto um fantasma.

– Abelhas? – trovejou ele, por fim.

– Sim, sr. Poirot, abelhas. Lady Claygate tem muito orgulho das suas colmeias...

– Abelhas?! – bradou Poirot, pela segunda vez, dando um pulo da cadeira.

Eu não conseguia entender o seu comportamento. Poirot começou a caminhar de um lado para outro no terraço com as mãos na cabeça.

Naquele momento, ouvimos o barulho do carro que retornava. Poirot postou-se no topo da escadaria da entrada, esperando-os.

– Ronald foi picado! – exclamou Gerald, nervoso.

– Não foi nada – disse a sra. Lemesurier. – Não chegou nem mesmo a inchar. Colocamos amônia.

– Deixe-me ver, meu jovem – disse Poirot. – Onde foi?

– Bem aqui, desse lado do meu pescoço – disse Ronald, orgulhoso. – Mas não dói. Papai disse: “Fique parado. Há uma abelha em você”. Eu obedeci, e ele tirou a abelha. Mas antes ela me picou, apesar de que não doeu nada. Foi só uma alfinetada e eu não chorei, porque já sou grande e vou para a escola no ano que vem.

Poirot examinou o pescoço do menino. Ele me pegou pelo braço e murmurou:

– Essa noite, *mon ami*, temos um trabalho a fazer! Não conte nada a ninguém...

Poirot recusou-se a dar mais detalhes sobre o assunto, e eu passei a tarde me mordendo de curiosidade. Segui o seu exemplo e fui cedo para a cama. Quando subíamos para os nossos quartos, ele me puxou para um canto e passou-me algumas instruções:

– Não troque de roupa. Espere um tempo, apague a luz e me encontre aqui.

Obedeci e encontrei-o já à minha espera. Poirot fez um sinal para que eu continuasse em silêncio. Atravessamos na ponta dos pés o corredor, na direção dos quartos dos meninos. Ronald dormia sozinho num quarto pequeno. Entramos e nos escondemos no canto mais escuro. A respiração da criança era pesada e contínua.

– Está dormindo profundamente – cochichei.

Poirot confirmou com a cabeça.

– Ele está drogado.

– Como?

– Deram algo a ele, a fim de que não reagisse nem gritasse.

– Gritasse?

– Por causa da picada da agulha, *mon ami*... Mas agora, silêncio! Precisamos esperar aqui mais um tempo.

VI

Na verdade, esperamos por pouco tempo. Não passou nem dez minutos, a porta foi aberta com todo o cuidado e alguém entrou no quarto. Ouvi o arfar da respiração acelerada do intruso, os passos que ele deu na direção da cama, e então um clique inesperado. O facho de uma lanterna iluminou o rosto da criança que dormia. À sombra da luz projetada, o intruso ficou ainda mais invisível. Ele largou a lanterna sobre o cobertor e, com uma das mãos, empunhou uma seringa. Com a outra, o seu vulto apalpava o pescoço da vítima...

Poirot e eu saltamos no mesmo momento. A lanterna caiu no chão e lutamos com o intruso no escuro. A força dele era extraordinária. Por fim, conseguimos dominá-lo.

– Acenda a luz, por favor, Hastings. Preciso ver o rosto dele, embora eu tema já saber de quem se trata.

Foi o que pensei também quando me abaixei para procurar a lanterna. Até então, levado pela má impressão que a aparência dele secretamente me causara, eu achava que o bandido fosse o secretário, mas naquele momento tive certeza de que o monstro que tínhamos apanhado era o homem que se beneficiaria da morte dos seus dois primos pequenos.

Bati com o pé na lanterna. Juntei-a e liguei a luz. Ela brilhou em cheio no rosto de Hugo Lemesurier, o pai do garoto!

Quase deixei a lanterna cair.

– Impossível – murmurei estarrecido. – Impossível!

VII

Lemesurier tinha perdido os sentidos. Poirot e eu o carregamos até o quarto, colocando-o na cama. Poirot se inclinou e gentilmente tirou-lhe algo da mão direita, que me mostrou. Era uma seringa hipodérmica. Senti um calafrio.

– O que há nela? Veneno?

– Ácido fórmico, eu acho.

– Ácido fórmico?

– Sim. Obtido provavelmente pela destilação de formigas. Ele é químico, você se lembra? A morte seria atribuída à picada da abelha.

– Meu Deus! – murmurei. – É o filho dele! Você esperava por isso?

Poirot soltou um suspiro.

– Sim. Ele está louco, é claro. A lenda familiar tornou-se uma obsessão para ele. Sua ambição sempre foi herdar a propriedade, e isso o fez cometer uma série de crimes. A ideia deve ter lhe ocorrido pela primeira vez quando viajava com Vincent para o norte. Ele não podia admitir que a lenda fosse falsificada. Além disso, o filho de Ronald já estava morto, e o pai não viveria muito. Esses dois já não contavam. Naturalmente, Hugo está por trás do acidente com a arma que vitimou o estudante do Eton College, e também foi ele quem tramou a morte do próprio irmão, John, usando o mesmo método de injetar ácido fórmico na veia jugular. Dessa forma ele alcançou o seu objetivo e tornou-se o senhor das terras da família. Mas seu triunfo duraria pouco. Ele descobriu que sofria de uma doença incurável. E a maldição era para ele uma ideia fixa: nenhum primogênito pode herdar a propriedade dos Lemesurier. Em Cornwall, quando nadava com o filho e na tentativa de que o menino se afogasse, Hugo o encorajou a exceder os próprios limites. Como isso não deu certo, ele cortou a hera e depois pôs veneno na comida de Ronald.

– Diabólico! – disse eu, arrepiado. – E tudo planejado nos mínimos detalhes.

– Isso mesmo, *mon ami*, a lucidez dos loucos é por vezes assustadora! A menos que se trate da loucura dos lúcidos! Imagino que, nos últimos tempos, ele tenha perdido completamente o juízo. Há método na loucura dele.

– E pensar que eu desconfiei de Roger, um sujeito admirável!

– Era a hipótese mais natural, *mon ami*. Sabemos que ele viajou com Vincent para o norte naquela noite. Sabemos também que ele era o próximo herdeiro, depois de Hugo e dos dois meninos. Só que essa hipótese não tinha apoio nos fatos. A hera foi cortada num dia em que apenas Ronald estava em casa, e Roger teria interesse também na morte do outro menino. Da mesma forma, não foi a comida das duas crianças que envenenaram. Hoje, quando chegaram em casa, e eu descobri que a história da picada de abelha dependia apenas da palavra do pai, lembrei-me da outra morte por picada de vespa e então não tive mais dúvidas!

VIII

Hugo Lemesurier morreu alguns meses depois, num sanatório para onde havia sido mandado. A sua esposa casou-se novamente um ano mais tarde com John Gardiner, o secretário ruivo. Ronald herdou as terras do pai e é hoje um jovem com um futuro promissor.

– Bem... – disse eu a Poirot. – Mais uma ilusão perdida. Você solucionou o mistério da maldição dos Lemesuriers.

– É possível... Imagino que sim.

– Imagina?

– *Mon ami*, para responder à sua inquietação, basta uma palavra: *vermelho*!

– Sangue? – perguntei, com a voz embargada.

– Lá vem você com melodrama, Hastings! Refiro-me a algo muito mais simples: à cor de cabelo do pequeno Ronald Lemesurier.

AS AVENTURAS COMPLETAS DA DUPLA

Tommy & Tuppence

Agatha Christie®

L&PMPOCKET

IMPRESSÃO:
PALLOTTI
GRÁFICA
Santa Maria - RS | Fone: (55) 3220.4500
www.graficapallotti.com.br